ジョン・バージャー／ジャン・モア

果報者ササル

ある田舎医者の物語

村松潔訳

みすず書房

A FORTUNATE MAN

The Story of a Country Doctor

by

John Berger & Jean Mohr

First published by Allen Lane, The Penguin Press, London, 1967

本書を
この本のなかで取り上げた
ジョンとベティに、そして、
この本を執筆しているあいだに何度も手紙をくれた
フィリップ・オコナーに捧げる。

J・B

果報者ササル——ある田舎医者の物語

風景は人を欺くことがある。風景はときには住人たちの生活の舞台装置というよりは緞帳《どんちょう》に――その背後で住人たちが苦闘し、なにごとかを成し遂げ、事故に遭っている――緞帳のように見える。

その緞帳の背後に——住人たちといっしょに——いる人間にとっては、風景のなかのあれやこれやの目印は単なる地理的な場所ではなく、人生に結びついたものであり、個人的なものである。

仲間のひとりが大声で警告を発したが、手遅れだった。木の葉がそっと撫でるように体をかすめ、小枝が男を取り囲んだ。次の瞬間、一本の木と山の斜面全体が男に覆い被さって押し潰した。

木こりが木の下敷きになった、と息を切らした男の声が告げた。医師は薬剤師に正確な場所を聞き出すように指示したが、それからふいに自分の受話器を取り上げ、薬剤師をさえぎって、自分自身で話しだした。正確な場所を知る必要がある。いちばん近い牧草地は、いちばん近いゲートはどこか？　それはだれの牧草地か？　担架が必要だが、自分の担架は前日に病院に置いてきたままだった。ただちに救急車を呼んで、いちばん近い道路の、橋のそばで待つように言ってくれ、と彼は薬剤師に言った。自宅のガレージに取り外したままの古いドアがある。調剤室から血漿製剤を、ガレージからはドアを持ち出した。車を駆って田舎道を走りながら、親指でずっとホーンを押しっぱなしにした。対向車に警告するためもあったが、木の下敷きになっている男に聞こえれば、医師がやってくるのがわかるのではないかと思ったからだ。

五分後には道路からそれて、山腹の斜面を登りだし、霧のなかに突入した。川の上方のそのあたりではめずらしくもなかったが、完全に真っ白な霧、どんな重さや個体とも無縁な霧だった。ゲートをあけるために二度、車を停めなければならなかった。三番目のゲートは半びらきになっていたので、停車せずに通過した。ゲートが跳ね返って、ランドローバーの後部にガツンと当たった。羊が何頭か、驚いた顔をして現れては、霧のなかに姿を消した。そのあいだじゅうずっと、木こりに聞こえるように、親指でホーンを押しつづけた。もうひとつ牧草地を横切ると、霧の向こう側に——くもった巨大な窓ガラスを拭こうとしているみたいに——腕を振っている男の姿が見えた。

医師がそこまで行くと、その男が言った。「ずっとわめきつづけているんだ。どこかがものすごく痛むんだよ、先生」今夜、村に帰れば、男はさっそくその話をするだろうし、その後も何度となく同じ話を繰り返すにちがいない。だが、いまはまだ、それは物語にはなっていなかった。医師が到着したことで、大きく決着に近づきはしたが、事故はまだ終わってはいなかった。怪我をしている男は、木を持ち上げるためにくさびを打ちこんでいるほかのふたりに向かって、相変わらずわめいていた。

「ちくしょう、ほっといてくれ」ちょうどそう言ったとき、医師が男のそばに到着した。医師に気づくと、負傷した男はその姿をじっと見つめた。本人にも決着が近づいていることがわかり、それがわめき声をこらえる勇気を与えると、あたりがふいに静まりかえった。男たちはハンマーを振るうのをやめていたが、地面にひざまずいたままだった。膝をついたまま、彼らは医師に目を向けた。医師の手は体を熟知していた。二十分前には存在しなかったこの新しい傷でさえ、医師には見馴れたものだった。男のそばに着いて数秒もしないうちに、彼はモルヒネを注射した。それを見守っていた三人の男たちは、医師が来てくれたことでほっとしていた。しかし、いま、その自信に満ちたやり方を見ていると、この医師が初めから事故の一部であり、ほとんどその共犯者であるかのように思えるのだった。

「チャンスはあったんだ」とひざまずいている男のひとりが言った。「このハリーが叫んだとき。ところが、こいつは止まらずに、間違った方向へ行っちまった」

医師は血漿製剤を腕に注入する準備をした。歩きまわりながら、彼は自分がやっていることを説明して、彼らを安心させようとした。

「おれが大声をあげたんだ」とハリーが言った。「即座に動けば、避けられたかもしれなかったのに」

「簡単に避けられたかもしれないんだ」と三人目の男が言った。

モルヒネが効きはじめると、怪我をした男の顔がゆるんで、まぶたが下りた。その男の感じている安堵感があまりにも強烈だったので、それがにじみ出してほかの男たちにも伝わったかのようだった。

「命が助かって運がよかった」とハリーが言った。

「簡単に避けられたかもしれなかったんだが」と三人目の男が言った。

医師は木を動かせるかと訊いた。

「三人でやれば、動かせると思う」

もはやだれもひざまずいてはいなかった。木こりたちは三人とも立ち上がって、すぐにもはじめようとしていた。霧はますます白くなり、半分空になった血漿製剤のボトルが湿気でくもっていた。そのせいで、中身がふつうより黄色っぽく見えることに、医師は気づいた。

「脚に副《そ》え木を当てるあいだ、持ち上げておいてほしいんだが」と医師が言った。

男たちが木を持ち上げると、振動が伝わるのを感じて、怪我をしている男がふたたびうめき声を洩らした。

「引きずり出すと、怪我がもっとひどくなるかもしれないぞ」とハリーが言った。木の下敷きになっていた脚は道路に投げ出された犬の死骸みたいだった。

「そのましっかり持ち上げていてくれ」と医師が言った。

木の下にもぐりこんで、四人目の男が失うことになりそうな脚に処置をしているのを見ていると、だれもがとてもよく知っているこの医師が、またもやこの災難の共犯者であるかのように見えた。

「まさかこんなに早く来てもらえるとは思ってなかったよ、先生」と三人目の男が言った。

「スリーピー・ジョーを知ってるだろう?」と医師が言った。「彼は助けが来るまで十二時間も木に挟まれたままだったんだ」

怪我をした男をどうやって持ち上げて、ドアの上に寝かせ、ランドローバーの後部に運びこむかを医師は教えた。

「もうだいじょうぶだぞ、ジャック」と、霧と同じくらいじっとりと汗ばんだ蒼白な顔をしている男に、彼らのひとりが言い、三人目の男がそっと肩に手をふれた。

救急車は橋のそばで待っていた。それが走り去ってしまうと、ハリーが医師を振り返ってそっと訊いた。

「やつは脚をなくしちまうんだろう？」

「いや、脚を失うことはない」と医師は言った。

その木こりはゆっくりと森へ引き返していった。両腿に手をあてがいながら、斜面をのぼっていく。彼はほかのふたりに医師から聞いたことを伝えた。その日、彼らがそこで木の皮を剥ぐ作業をつづけているあいだ、男がはまり込んでいた地面のくぼみが何度となく目についた。その場所の落ち葉はどす黒く、びっしょり濡れていたので、血の痕は見分けられなかった。だが、その場所に目が行くたびに、医師が言ったことは正しいのだろうか、と彼らは思わずにはいられなかった。

三十七歳くらいの女性だった。まだすこしだけ女生徒風の雰囲気が残っていた。あまりできるほうではないが、肉体的にはほかの生徒より発達していて、体が大人びているせいで、移ろいやすいセクシーさよりも、むしろすでにゆったりとした母性的な雰囲気をもっているというような女生徒。その最後の残り香がまだかすかにまつわりついていた。二年後には、それは完全に消えていたけれど。彼女は母親の世話をしていて、いまでは、医師がその小屋を訪れるのは娘というよりは母親のためだった。

初めてその娘を診《み》たのは十年前だった。風邪をひいて、咳をしており、体力が落ちているということだった。胸部レントゲン検査の結果は正常だった。娘は何か話したがっている印象だった。こちらの顔をけっしてまともに見ようとはしなかったが、心配そうな視線をちらちら投げかけ、そうやって注意をひこうとしているようだった。彼はいろいろと質問してみたが、娘の信頼を得ることはできなかった。

その数カ月後、彼女は不眠症になり、それから喘息にかかった。アレルギー検査はすべて陰性だったが、喘息はひどくなった。このころには、診察するとき、娘は病気越しに笑いかけてくるようになった。ウサギの目みたいにまん丸い目だった。病気という檻の外にあるすべてにびくびくしていた。だれかがそばに近づきすぎると、娘の目はウサギの鼻のまわりの皮膚みたいにヒクヒク動いた。けれども、顔にはすこしも皺がなかった。彼女の病状は極端な情緒的ストレスの結果だ、と彼は確信した。だが、彼女にはなんの悩みごともない、と娘自身も母親も主張した。

二年後、医師は偶然に事の次第を理解した。夜中に出産のため往診に出ていたときのことだった。近所の女たちが三人、手伝いに来ていた。待っているあいだ、彼はキッチンで彼女たちとお茶を飲んだ。そのうちのひとりが最寄りの鉄道駅のある町の、機械化された大規模な酪農場で働いていた。喘息の娘もそこで働いていたことがあり、じつは、経営者——救世軍のメンバー——が彼女と関係をもったことがあるのだという。その男は結婚の約束をしたようだったが、やがて良心の咎めと宗教的なやましさを抑えきれなくなって、娘を捨てた。それは関係というほどのものでさえなかったのかもしれない。ある夜、たった一度だけ、男が娘の手を取って、乳製品の加工場から革張りの椅子のあるオフィスに連れ出しただけなのかもしれない。

医師は娘の母親にあらためて問い質した。酪農場で働いていたとき、娘さんは仕合わせだったのか？　ええ、とても仕合わせでした。本人にもそこで仕合わせだったのかと訊いてみた。彼女は檻のなかで笑みを浮かべ、こっくりとうなずいた。そこで彼はずばりと、経営者に言い寄られたことはなかったのかと質問した。娘はその場に凍りついた——逃げだすのは不可能だと悟った動物みたいに。手の動きが止まり、顔をそむけたままだった。呼吸音が聞こえなくなった。結局、彼女はなんとも答えなかった。

　喘息がつづいて、肺の構造的な劣化を引き起こし、彼女はいまではステロイド剤で生き延びている。顔は満月様顔貌《ムーンフェイス》になっているが、大きな目の表情は穏やかである。しかし、予期せぬことの前兆かもしれない動きや音を感じるたびに、眉やまぶた、頬骨の上のぴんと張った皮膚がピクリと痙攣する。彼女は母親の介護をしているが、めったに小屋から出ることはない。医師の診察を受けるときには笑みを浮かべるが、いまでは、おそらくあの救世軍の兵士にも笑みを見せるのだろう。

　以前は、流れは深かった。それから、神と人間の奔流があり、そのあとは浅瀬になった。水は澄んでいるが、絶えず掻きまわされ、その浅さゆえにいつまでも——まるでアレルギーみたいに——さざ波が消えることがない。その川には湾曲している場所があり、それがしばしば医師に自分の失敗を思い出させる。

イギリスの秋の朝はしばしば世界中のどこにもない朝になる。空気は冷たく、床も冷たい。この冷たさがたぶん、熱いお茶の香りを研ぎ澄ますのだろう。外から聞こえる砂利を踏む足音が、ひと月前よりほんのすこし大きくなる。うっすらと霜が降りているせいである。トーストの香りが漂い、バターの塊の上には、最後の性急なナイフが残したトーストの小さい粒。戸外では、柔らかいのにとても緻密な陽光が降りそそぎ、木々の葉は一枚一枚くっきりと切り離されているように見える。

彼女は四柱式ベッドに横たわっていた。顔色は蒼白く、頰は落ちくぼみ、痛みから両目をギュッとつぶっていた。ゼイゼイいいながら息をしているが、とくに吐くときは苦しそうだった。

医師は立ったまま見ていたが、それから、お湯と脱脂綿を、と言った。上腕部にモルヒネを注射すると、彼女はピクッと身をちぢめた。これほどの胸の激痛に耐えているのに、針のチクリとした痛みに縮み上がるのは不思議だった。お湯と脱脂綿で、その使い古された太い腕から一滴の血のしずくを拭きとった。肌は、こすったり日に焼かれたりしているうちにそんな色になったのだろうか、岩の、でなければパンの色をしていた。

それから、その働きすぎた腕を使って、血圧を測った。とても低かった。彼女はずっと目をつぶっていた。あたかも光が、とても柔らかいがひどく鮮明な光が、まぶたの隙間からむりやり入りこもうとしているかのように。彼女は依然として一言も口をきかなかった。

医師はもう一本注射する準備をした。五十歳になる娘はベッドの足下に立って、医師の指示を待っていた。

手首ちかくの静脈に針先を差しこんだが、こんどは彼女は身をちぢめなかった。半分注入したところで止め、たるんだ皮膚に刺したシリンジを皮膚から生えている羽根みたいに押さえつけたまま、もう一方の手を首筋にやって、脈の強さと頸静脈の鬱血の程度を確かめた。それから、残りを注入した。

老女は目をひらいた。「これはあんたのせいじゃない」と彼女は非常にはっきりと、歯切れがいいとさえ言える口調で言った。

医師は胸の音を聴いてみることにした。酷使されてきた褐色の腕、深い皺が刻みこまれた顔、筋の立った皺だらけの首をふいに打ち消すかのように、柔らかい真っ白な胸が現れた。裏庭で牛の世話をしているごま塩頭の息子も、ふわっとしたスリッパを履いてベッドの足下に立っている娘も、かつてはここにかじりついて乳を飲んだはずだが、その胸の柔らかな白さは若い娘みたいだった。ここだけはずっとそのままに保っていたのである。

階下の居間に下りると、医師は置いていく薬について説明した。二階の床板を通して、依然として老女のゼイゼイいう息づかいが聞こえた。カーペットに三匹の犬が寝そべって、投げ出した前肢に頭をのせ、目をあけている。老人が部屋に入ってきても、ほとんど動こうともしなかった。

老人はぼうっとした眠たそうな顔をしていた。体調はどうかと医師が訊いた。「そんなに悪くはないよ」と彼は答えた。「関節を除けば」

父親も、娘も、外にいた息子も、医師に老女のことは訊かなかった。夕方もう一度来るつもりだ、と医師は言った。

彼がふたたびやってきたとき、居間は真っ暗だった。ちょっと嫌な予感がした。声をかけてみたが、返事がないので、手探りで階段をのぼった。階段をのぼったところがひとつめの寝室で、部屋の反対側に、二番目の寝室のドアの下から明かりが洩れているのが見えた。

その部屋はいまや病気の臭いがした。化粧台の上には、革製のフレームに入れた家族全員の結婚式の写真と、童謡〈駒鳥のお葬式〉の絵柄付きの十九世紀のこども用マグカップが並んでいたが、その下に置いてあるエナメル製のボウルには尿と、すこし血がにじんだ唾液が入っていた。娘の説明によれば、母親は咳をするたびにすこし尿を洩らしてしまうのだという。老女の顔はいちだんと蒼白さを増し、額には湿らせたぼろ切れがのせられていた。彼女のまわりで部屋が――その快適さが燃え尽きて、水浸しにされ、それからまた燃やされて――くすぶっているかのようだった。

医師はあらためて胸部に聴診器をあてた。老女は疲れきったように体を横たえた。「悪いね」と彼女は言ったが、あやまっているというよりはただ事実を述べているようだった。彼は体温と血圧を測った。「わかっている」と彼は言った。「でも、じきに眠れるだろうし、そうすれば元気が出るだろう」

夫は隣室の暗がりに坐っていた。階段をのぼってきたとき、医師は彼には気づかずにそこを通り抜けてしまったのだ。娘がふたりに付き添って階下に下りていったが、依然として明かりを点けようとはしなかった。一瞬、階段も居間も、離れの一部のような、照明も暖房もなく、家畜たちが夜の眠りについている離れの小屋のような気がした。この家は階上の明かりのついている部屋の四柱式のベッド――そこで老女が、胸の柔らかな白さだけはずっと変わらなかった老女が、死にかけている――だけになってしまったかのようだった。

娘がふいに照明を付けると、医師と老人は目をくらまされた。ふたりともいきなりステージに立たされたかのようだった。見馴れた家具も舞台のセットの一部で、彼らは本来の自分にはまったく馴染みのない役柄を演じなければならないかのようだった。ふたりのどちらも、ほんのわずかなチャンスでもあれば、ふだんの自分に戻りたいと思っていた。

老人は腰をおろして、オーバーコートを膝にのせた。「いまは肺炎を起こしているから」と医師が言った。「けさあげた薬のほかにもう一種類、薬を飲まなきゃならない。この錠剤を飲みこめると思うかね？　ちょっと大きめだが。それとも、液体の飲み薬にしたほうがいいだろうか？　液体の薬はこども用だが、用量を増やせばいい。どっちがいいと思う？」

娘は従順で、医師を信頼することにかすかな望みを見いだそうとしていた。「先生のおっしゃるとおりにします」

「そうじゃなくて、わたしはあんたに訊いているんだ。お母さんはこの錠剤を飲みこめそうかどうか？」

「それじゃ、液体にしてください」と、わずかな希望を振り捨てて、娘は言った。医師はその娘にも――父親や母親にもそうしたように――睡眠薬を渡した。彼らはみんな、少なくとも今夜は、同じ薬で眠ることになるだろう。

医師が娘に薬のことを説明しているあいだ、老人はじっと前を見つめて坐ったまま、膝にのせたオーバーコートの分厚い生地を両手で握ったり放したりしていた。

医師が説明を終えると、静寂が流れた。父親も娘も彼をドアまで送ろうとせず、こんどはいつ来るのか訊こうともせず、じっと待っているだけだった。医師が言った。「すぐに危険な状態は過ぎた――もう三十分遅ければ、けさ息を引き取っていたかもしれないんだが。その代わり、いまは発作を乗り切った代償を払わなければならない」

「妙な組み合わせだな」と老人が顔を上げずに言った。「心臓病とそれから肺炎だなんて。妙な組み合わせだ。きのうはすごく元気だったのに」彼は泣きだした。とても静かに、女が泣くときみたいに、目に涙がこみ上げていた。

医師はすでにカバンのひとつを取り上げていたが、それをふたたび床に置いて、椅子の背にもたれかかった。「お茶を一杯いただけるかな?」

娘がお茶を淹れにいっているあいだ、ふたりの男は裏の果樹園や今年のリンゴの話をした。娘が戻ってくると、彼らは父親のリューマチのことを話した。お茶のあと、医師は帰っていった。

翌朝もまた前日と同じような秋の朝だった。木々の葉が一枚ずつ切り離されているように見えた。果樹園の一本の木の梢から洩れる陽光が、老女の寝室の床に揺らめいていた。老女はベッドから這い出して、二度目の発作に見舞われた。医師は十五分もしないうちに到着した。唇が紫色になり、顔は土気色だった。手をぴくりとも動かさずに、すぐに息を引き取った。

居間では、老人が立ったまま体を揺らしていた。医師はあえて手を差し出してそれを止めようとはしなかった。そうはせずに、彼に面と向かって立った。老人のほうが二十センチほど背が高かった。医師は、眼鏡の背後の目を特別に大きく見ひらいて、静かに話した。「助かったら、本人にとってはもっとひどいことになったろう。もっとひどいことに」

国王や共和国大統領のなかにも、妻の死から最後まで立ち直れなかった人たちがいる、と言えば言えたかもしれない。死は人生の条件なのだとも。人間は分割不可能であり、彼自身の意見では、死が支配権を及ぼせないのはそういう意味でだけなのだ、とも言えたかもしれない。

しかし、その瞬間、たとえ彼が何と言っても、老人は立ったまま体を揺するのをやめなかったろう。娘が父親を火の消えた暖炉の前の椅子に坐らせるまでは。

歩き方を見ればわかった。彼女の足の運び方には――どこかしら投げやりなところがあり――いまだにひどくこどもっぽかった。サイズは91＝64＝91だった。

彼女は泣きながら診察室に入ってきた。

「どうしたんだね？」

「なんだか調子が悪いの」

妊娠したと信じこんで泣きながら腰をおろしたほかの娘たちと同じように、彼女は腰をおろした。話しやすくしてやるために、医師はいくつかの質問のあいだに挟んで質問をした。

「どうして調子が悪いんだい？」

答えはなかった。

「喉が痛いのかね？」

「いまは痛くない」

「おしっこはちゃんと出ているかい？」

彼女はうなずいた。

「熱は？」

首を横に振った。

「生理は順調かね？」

「はい」

「最後はいつだった？」

「先週」

医師はちょっと間を置いた。

「以前おなかに発疹が出たことがあるのを覚えているかい？　その後また出たことは？」

「ないわ」

彼は椅子に坐ったまま身を乗り出した。

「ただ泣きたい気分なんだね？」

彼女は顔をさらにうつむけて、自分を慰めてくれる自分の胸に近づけた。

「母さんと父さんからここに来るように言われたのかい？」

「いいえ、自分で来たの」

「髪を染めても気分はよくならなかったのかな？」

医師が気づいていたのを知って、彼女はちょっと笑った。「しばらくのあいだはよくなったわ」

医師は体温を測り、喉を診て、二日間ベッドで休むように指示した。それから、また会話の先をつづけた。

「あの洗濯屋での仕事は気にいっているの？」

「仕事だから」

「ほかの娘たちはどう言っているんだね？」

「知らないわ」

「仲よくやっているのかい？」

「おしゃべりしているのを見つかると、その分給料から差し引かれるのよ」

「何かほかの仕事をしようと思ったことはないの？」

「わたしに何ができるの？」

「どんなことをしたいのかね？」

「秘書の仕事がしてみたいわ」

「だれの秘書をやりたい？」

彼女は笑って、かぶりを振った。

顔は涙の痕で汚れていた。けれども、目のまわりや鼻筋から口紅を塗ったゆたかな唇にかけては、その胸や腰をふくらませているのと同じ精気がみなぎっている。教育とチャンスがないことを除けば、どこから見ても成熟した魅力ある女性だった。

「すこしよくなってからも、よかったら、二、三日仕事を休めるようにしてやろう。そうすれば、職業紹介所に行って、どうすれば職業訓練を受けられるか教えてもらえる。あらゆる種類の訓練コースがあるんだよ」

「そうなの?」と彼女は夢見るみたいに言った。

「学校の成績はどうだった?」

「すこしもよくなかったわ」

「中等教育修了試験《オー・レベル》は受けたのかい?」

「いいえ。中退したの」

「しかし、落ちこぼれじゃなかったんだろう?」もしそうだと認めれば、彼の体面を傷つけることになるかのような訊き方だった。

「いいえ、ちがうわ」

「そうか」と彼は言った。

「洗濯屋はひどいところだわ。大嫌いよ」

「ふさぎこんでいるのはいいことじゃない。一週間休みが取れるようにしてあげたら、それをほんとうに利用するつもりがあるかね?」

彼女は湿ったハンカチを噛みながら、うなずいた。

「水曜日にもう一度来るといい。わたしが職業紹介所に電話して、向こうが言うことを聞いてから、いっしょに相談することにしよう」

「情けないわ」と言いながら、彼女はまた泣きだした。

「そんなことはない。泣いているということは想像力があるということだ。想像力がなければ、そんなひどい気分にはならないんだからね。さあ、ベッドに入って、あしたまでゆっくり休むといい」

診察室の窓越しに、医師は彼女が小道を共有地のほうへ、十六年前に彼がその娘を取り上げた家のほうへ歩いていくのを見送った。娘が角を曲がってからも、彼は小道の両側の石の壁をじっと見つめていた。かつては、それは石を積んだだけの壁だった。いまは石はセメントでしっかりと固定されている。

ふたりの噂は聞いていた。彼らは逃亡中で、女はロンドンから来た娼婦であり、村議会は彼らを空家から追い出す手立てを講じなければならないだろうと言われていた。空家を所有している農夫は、彼らに使用許可を与えていた（農夫はロンドンでその女を知っていたからだという者もいた）が、彼らはそこで不法居住者みたいに暮らしていた。

三人のこどもたちが、裏口のそばで金網をおもちゃにして遊んでいた。母親はキッチンにいた。二十代後半の女で、長い黒髪にほっそりとした長い手、目は灰色で、キラキラ光ると同時にとても潤んでいた。薄汚れているように見える肌は、実際に汚れているというより貧血のせいだろう。

「冬になったらここに住んではいられないだろう」と彼は言った。

「時間ができたら、ジャックが修繕するって言ってるわ」

「すこし修繕するくらいじゃ足りないな」

キッチンにはテーブルと椅子がふたつ。石製の流しの脇には、オレンジの箱で作った食器棚があり、カップや皿やいろんな袋が並べてあった。流しの上の窓は、半分はガラスが割れていて、ボール紙でふさいである。残りの半分からは日が射しこみ、その陽光の柱のなかで、灰色の埃がゆっくりと上昇したり下降したりしていた。その動きがあまりにも緩やかで、まるで無人の別世界の一角みたいだった。

しばらくすると、おもての部屋で、ベッドに腰をおろし、彼女はようやく質問をした。じつはそのためにわざわざ医師を呼んだのだ……。

「先生、わたしくらいの歳の女でも心臓病になることがあるのかしら？」

「ありうるね。こどものときリウマチ熱にかかったことがあるかね？」

「ないと思うわ。でも、ひどく息切れがするの。それに、何か拾おうとしてかがみ込むと、なかなかきちんと元どおりに起き上がれないのよ」

「それじゃ、胸の音を聴いてみよう。ブラウスを上げるだけでいい」

彼女はひどく擦りきれた黒いレースのペティコートを着けていた。その部屋はキッチンと同様に家具が少なかった。片隅に大きなベッドがあり、その上に毛布が何枚か、床にも毛布が何枚かあった。それから整理ダンスがあり、その上には時計とトランジスターラジオが置かれていた。窓はどれもびっしりと生い茂った蔦でおおわれ、天井の石膏ボードがなく、垂木がない部分もあるので、ちゃんとした部屋というよりむしろ森のなかの隠れ場所みたいだった。

「診療所に来たときにきちんとした検査をするが、重大な心臓病がないことはいまでも請け合える」

「ああ、ほんとうにほっとしたわ」

「ずっとこんなふうにやっていくことはできないぞ。それはわかっているだろう？　なんとかここから抜け出す手立てを見つけなくちゃ――」

「わたしたちより不幸な人たちはたくさんいるわ」と彼女は言った。

医師は笑いだし、彼女も笑った。女はまだ表情しだいでまったく別人の顔になるくらい若かった。その顔はまだ人を驚かせることができそうだった。

「サッカーくじに当たったら」と彼女は言った。「大きな家を買って、こどもたちのための大々的なホームをつくるわ。でも、最近では、そういうことをしようとすると、いろいろむずかしいことを言ってくるらしいけど」

「ここに来る前にはどこに住んでいたのかね？」

「コーンウォールよ。海の近くですてきなところだった。ほら」

彼女は整理ダンスのいちばん上の引き出しをあけて、自分のストッキングやこどもたちの靴下のあいだから、一枚の写真を取り出した。ハイヒールにタイトスカート、シフォンのスカーフを頭に巻いた彼女自身で、男と幼いこどもといっしょに浜辺を歩いている。

「これが旦那かい？」

「いいえ。これはジャックじゃないわ。クリフとスティーヴンよ」

医師はうなずいたが、驚いていた。

「ジャックのために言うんだけど」と彼女はつづけた。「彼は自分のこどもとわたしのこどもをすこしも差別しない。わたしたちは完全に対等よ。実の父親よりスティーヴによくしてくれるわ。ただ問題は彼がわたしにさわれないことだけど」

彼女は腕を伸ばして、その写真を見つめた。

彼女と夫はこのあたりで暮らしたいと思っているのかどうか、公営住宅を世話しようと言ったら、どう思うかと医師は訊いた。彼女は写真から目を離さずに答えた。

「それはジャックに訊いてもらわなくちゃ。わたしたちはなんでも対等にしているんだから」

依然として写真を持ったまま、腕を膝に下ろして、医師のほうに顔を向けた。彼女はいまや怒っているような目をしていた。

「わたしは歳をとりすぎていると思う？　ジャックはそうだって言うの。二、三カ月に一度しかやりたがらないから」

「それはただあんたが疲れていて、できないと思っているからだろう」

「たしかにもうたくさんだわ。ときどき、もうできないと思うことがある。ただ横になって、何もしないでいたいって」

彼女は立ち上がって、写真を引き出しに戻した。「音楽は好き？」と言いながら、ラジオのスイッチを入れた。そして、数小節聴くと、スイッチを切った。そこに立ったまま、整理ダンスにもたれかかって、いまやそれまでとはまったく違う顔をしていた。ラジオのスイッチを入れたり切ったりしたことで、何かを思い出したかのように。

「わたしにはなんの意味もないの。すこしもその気になれないのよ。彼が体を重ねてくると、わたしは顔に濡れ雑巾をかぶせられたような気分になる。ほんとうのセックスがどういうものか知ってるからよ、わたしは。スティーヴンの父親とのときは、スティーヴンを妊娠したときは、すばらしかった。わたしたちはいっしょにいったし、わたしは全身全霊彼のものになった。それが世界中でいちばんすてきなことだと人が言うとき、わたしにもその意味がわかった。スティーヴンを妊娠したときは、そういう感じだった。わたしは彼のものになれたし、彼はそれを望んでいた。わたしはそれをけっして忘れないわ——目を覚ましたまま横たわっているとき、いまでもそのことを考えることがある——二度とあんなふうに感じたことはないからよ。スティーヴンを妊娠したときみたいに、天にも昇る気持ちになったことは」

「わたしたちがここに惚れこんだのは十年前、景色がすばらしかったからよ。そして、言っておきますけど、それを後悔したことは——冬のあいだにさえ——一度もなかった。とても心が安らぐの。知ってる？　この前の春、村からの小道を歩いてくると、門の前に何かが立っているのが見えた。森のそばの角を曲がったとき、見えたのよ。犬みたいだったけど、犬じゃなかった。わかる？

何だったと思う？　アナグマだったの。門柱のあいだに立って、じっとこっちを見ていた。どうしたらいいかわからなかった。危険性があるのかどうか？　わたしは何も知らなかった。ヒューはゴルフに行っていたから、ミスター・ホーンビーに訊きにいったんだけど、いっしょに戻ってきたときには、姿を消していたわ。でも、それで終わりにはならなかった。アナグマはうちに住み着いたんでしょうね。勝手に引っ越してきたのよ。この前の冬の大雪を覚えてる？　ミスター・ホーンビーがいなかったら、どうなったかわからないわ。彼が森を抜ける道の雪掻きをしてくれたんだけど、さもなければ通れなかった。腰くらいまであったし、とても寒かったし、寒さというのは残酷だから。ともかく、いまも言っていたように、夜になると、屋根の上から物音がしたの。何かが動いているような音が。わたしは何度かヒューを起こしたんだけど、彼は雪がずれているんだって言っていた。でも、わたしはそうじゃないことを知っていた。雪がずれるには寒すぎたんだもの。朝になってから見てみると、屋根の雪に足跡が付いていたのよ。信じられる？　裏の森が寒すぎたから、暗いなかを下りてきたんじゃないかしら。うちの煙突に体をすり寄せていたのかもしれない――ヒューはそんなことはないって言うけど、きっとそうだわ――そうやって暖まっていたのよ。暖炉のそばに坐っているとき、わたしはよくそう思うの。あの子が上にいるんじゃないかってね。もちろん、ばかげた考えだけど、わかるでしょう、とても心が安まる動物だってこと。ヒューがまだ働いていたとき住んでいたバーミンガムには、アナグマなんかいなかったから……」と彼女は際限なくしゃべりつづける。

彼女が電話してくるのは、自分自身のことというより、たいていは彼のことだった。

「心配なのよ、先生、背中が痛いっていうの。だから、椎間板ヘルニアじゃないかと思って。先週の雨続きのときから急に痛みだしたの。どうしても菜園を耕すんだ、二カ月ぶりのチャンスなんだからって言って聞かなかったのよ。それで、いまじゃ、背中を伸ばすことができなくて」

ときにはもっと深刻な状態のこともある。

「三日間寝たきりで、呼吸をするのも苦しそうなの。夜、息をしていると――その音を聞いていると、わたしは眠れないんだけど――話をしているような気がしてならないわ。息をする音が言葉みたいに聞こえるのよ、先生」

彼女はドアのすぐそばで待っていた。

「先生が来てくれてほんとうによかった。体のそこらじゅうが弱ってきてるのよ。直接本人から話を聞いてもらったほうがいいわ。わたしにはどこが悪いのか言わないんだから。わたしには教えようとしないの。おかしな人。ただ体じゅうガタが来ていると言うだけで。どこが(?)って、わたしは訊くんだけど、どういうことなの(?)って。でも、言おうとしないのよ。ただ体じゅうだって言うだけで」

七十三歳になる夫本人の説明によれば、おしっこが我慢できなくて、下腹部に痛みがあるという。

医師は胸部と腹部を診察した。直腸内触診をして、前立腺にふれ、それが肥大して膀胱を圧迫していないかを確かめた。さらに、尿の検査をして、糖とタンパク質の数値を調べた。尿糖はちょっと問題がある程度だった。医師は軽度の尿路感染症という診断をくだした。

三十六時間後、彼女から電話があった。

「ぜんぜん水分を取らなくなってしまったのよ。飲めないの。きのうの朝食以来、一滴も飲んでないの。それに、始終眠りこんでしまう。わたしが話している最中に眠りこんでしまうのよ――どうしたらいいかわからないわ。目を覚ましていられないんだから、わたしが話しているときにさえ。すぐに眠りこんでしまうし、いつも眠そうだし、わたしが話しているのに眠りこんでしまうんだから」

医師は受話器に向かって笑みを浮かべた。それでも、いちおう考えられるのは、ほとんどありえないことではあるが、その眠気は糖尿病性昏睡の初期症状かもしれないということだった。それを確かめるためには、あらためて血糖値を検査する必要がある。

アナグマが立っていたという門のところで、彼は足を止めて、この夫婦が惚れこんだ景色を見下ろした。それから、ふだんよりずっと熱のこもった、シューシュー息の洩れる声で彼女がこう言ったことを思い出した。

「わたしたちにはたがいに相手しかいない。だから、とても口うるさくする必要があるのよ。病気のときには、相手を注意深く観察しなきゃならないし、実際そうしているの」

それは母屋から切り離された建物だった。ガレージふたつ分の大きさで、待合室、二部屋の診察室、それに調剤室がある。川と木の生い茂る大きな谷間を見下ろす丘の斜面に建っていて、谷の向かい側の斜面からは、小さすぎて見えないくらいだった。

建物のドアに掲げられているプレートには〈ジョン・ササル医師　医学士、外科学士、王立産科婦人科学院産科医〉と記されている。

診察室は診療所という雰囲気ではなく、人の住んでいる、居心地のよい部屋みたいに見える。たいていの家の居間よりきちんと片付けられていて、狭いにもかかわらず、空きスペースが多い。ここが患者が診察され、治療され、処置を施される作業現場なのである。

診察室は高級船員の船室を思わせる。同じような居心地のよさ、狭いスペースに多くの物を収納する工夫、家庭的な家具や個人的な持ち物が精密機器や器具と並べられている同じような奇妙さ。

そのせいか、診察台は船室の寝棚みたいに見える。診察台にはシーツが二枚敷かれ、電気毛布がかけてある。患者が来るときにはいつも、ササルは十五分前に電気毛布のスイッチを入れ、患者が診察のために服を脱いでも寒くないようにしておく。細部をけっしておろそかにしない入念な神経の持ち主なのである。自身は背が低いので、患者が坐る椅子は机のかたわらの医師の椅子より十五センチ低くしてある。注射を

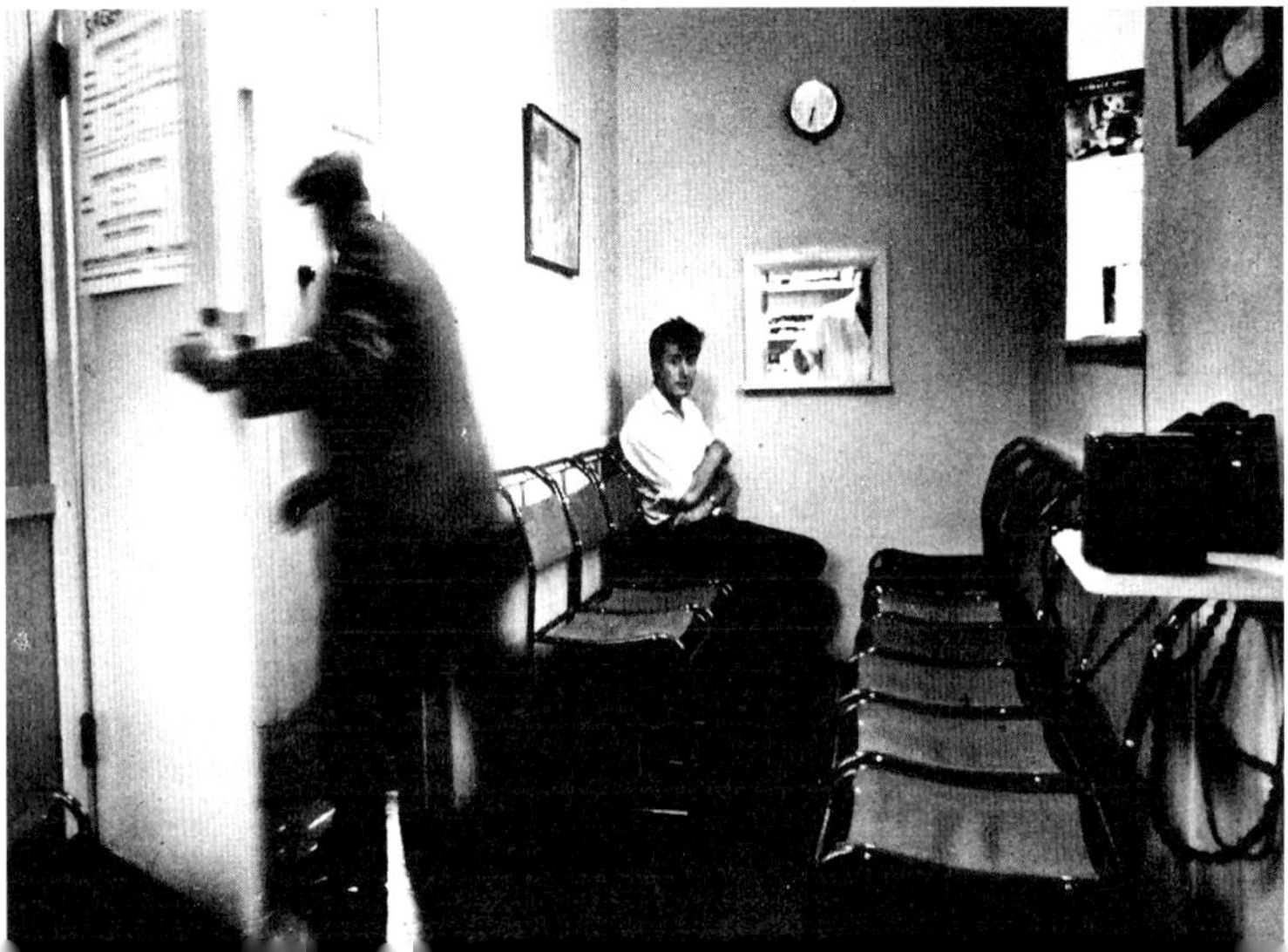

するとき、彼は「ちょっとチクリとしますよ」と言う。そして、注射器を持つ手を近づけながら、小指をひらき、自分の手の側面で一瞬後に針が差しこまれる部分のすぐ脇の皮膚を強くたたく。そうすることで、患者は針が差しこまれる痛みから気をそらされるのである。

この診察室はめったにないほど設備が整っている。滅菌処理を行なうための高圧蒸気滅菌器があり、腱の縫合、小規模な切断、嚢胞の切除、子宮頸部の焼灼、軽度の骨折のためのギプスの装着と取り外しに必要な設備がある。麻酔器があり、整骨治療用テーブルがあり、S状結腸鏡がある。けれども、自前のX線撮影装置はないし、初歩的な細菌検査の設備もないので、たえず欲求不満を感じている、と本人は言う。できることなら、彼はすべてを自分自身で確かめたいのである。

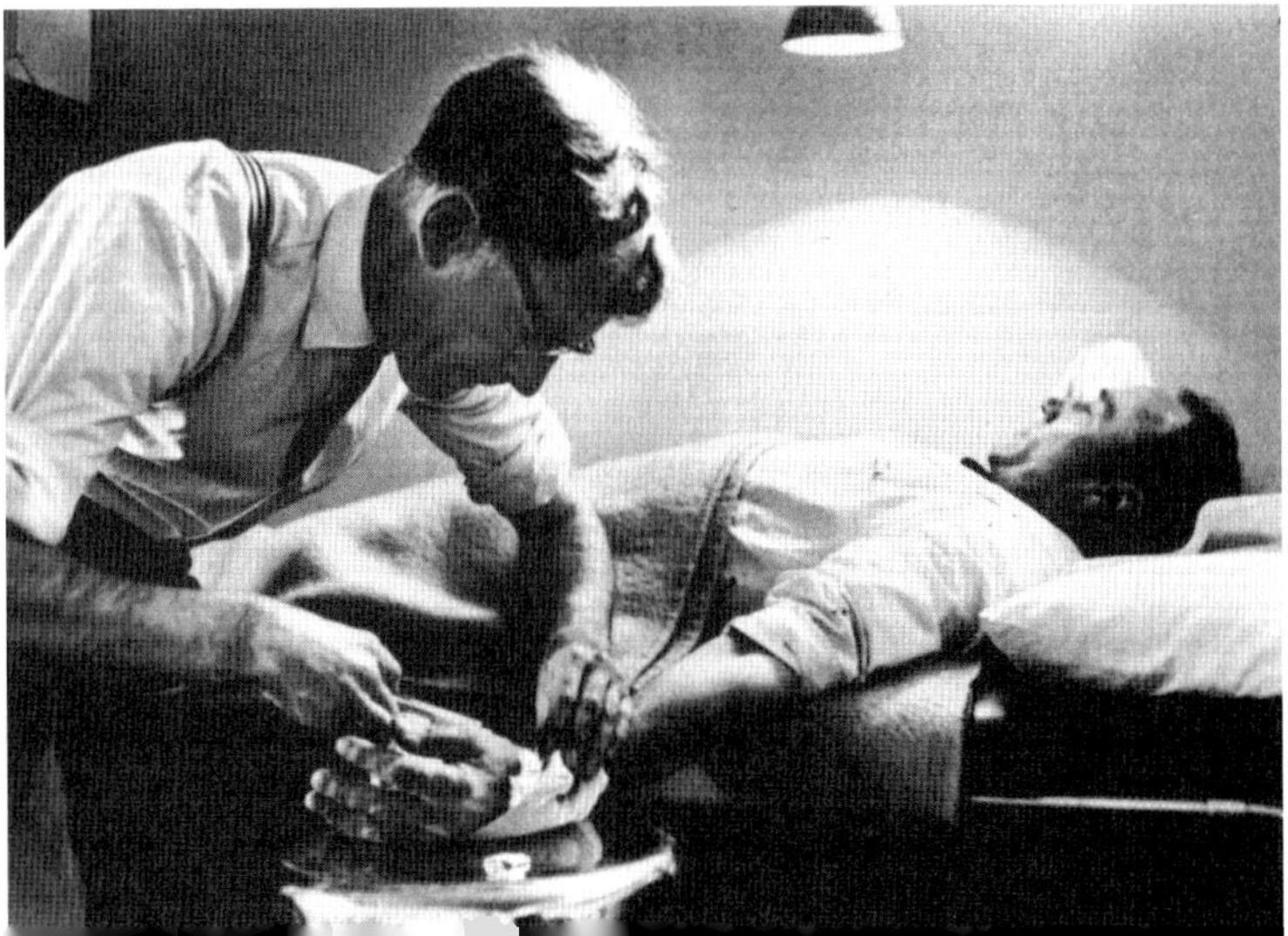

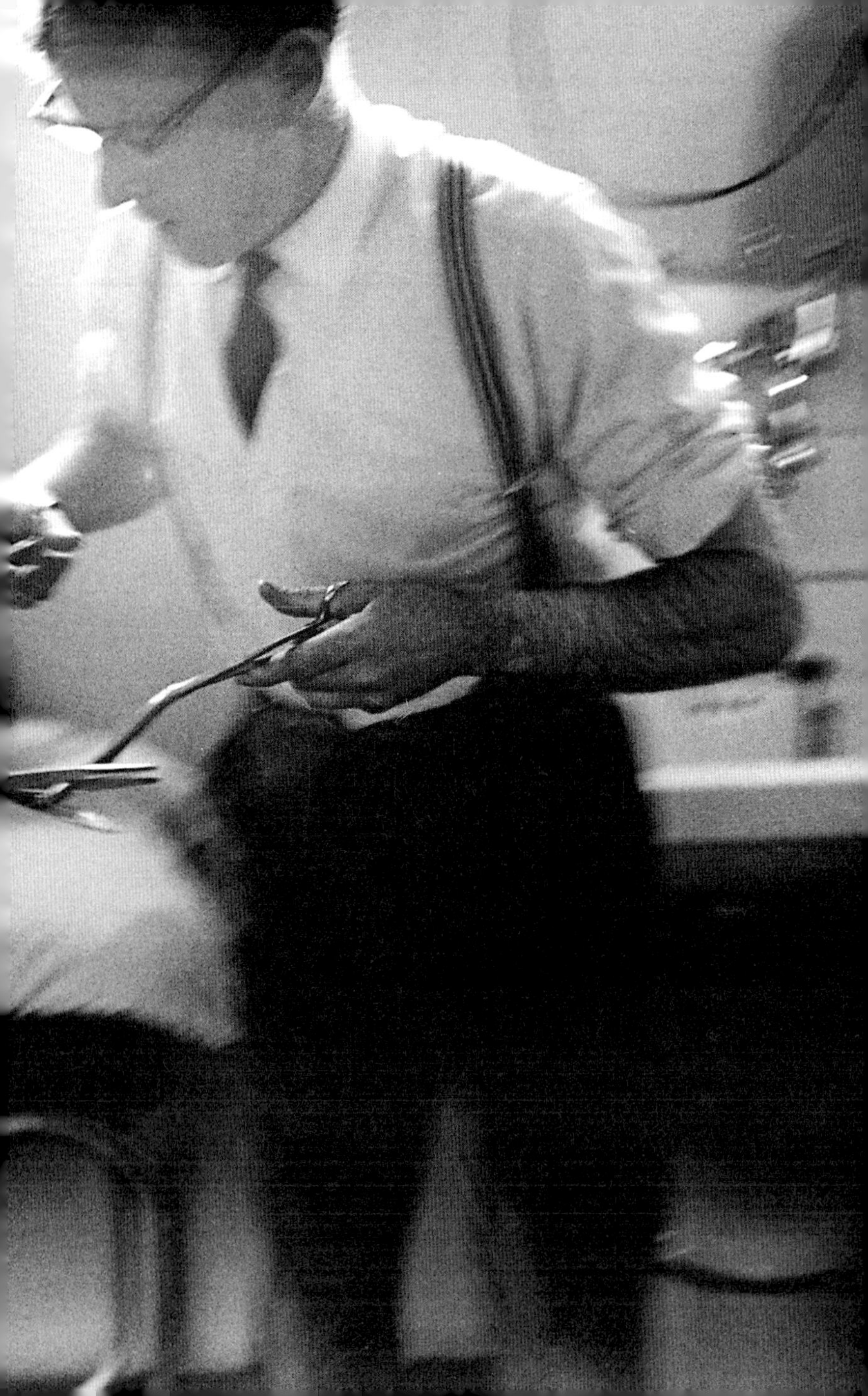

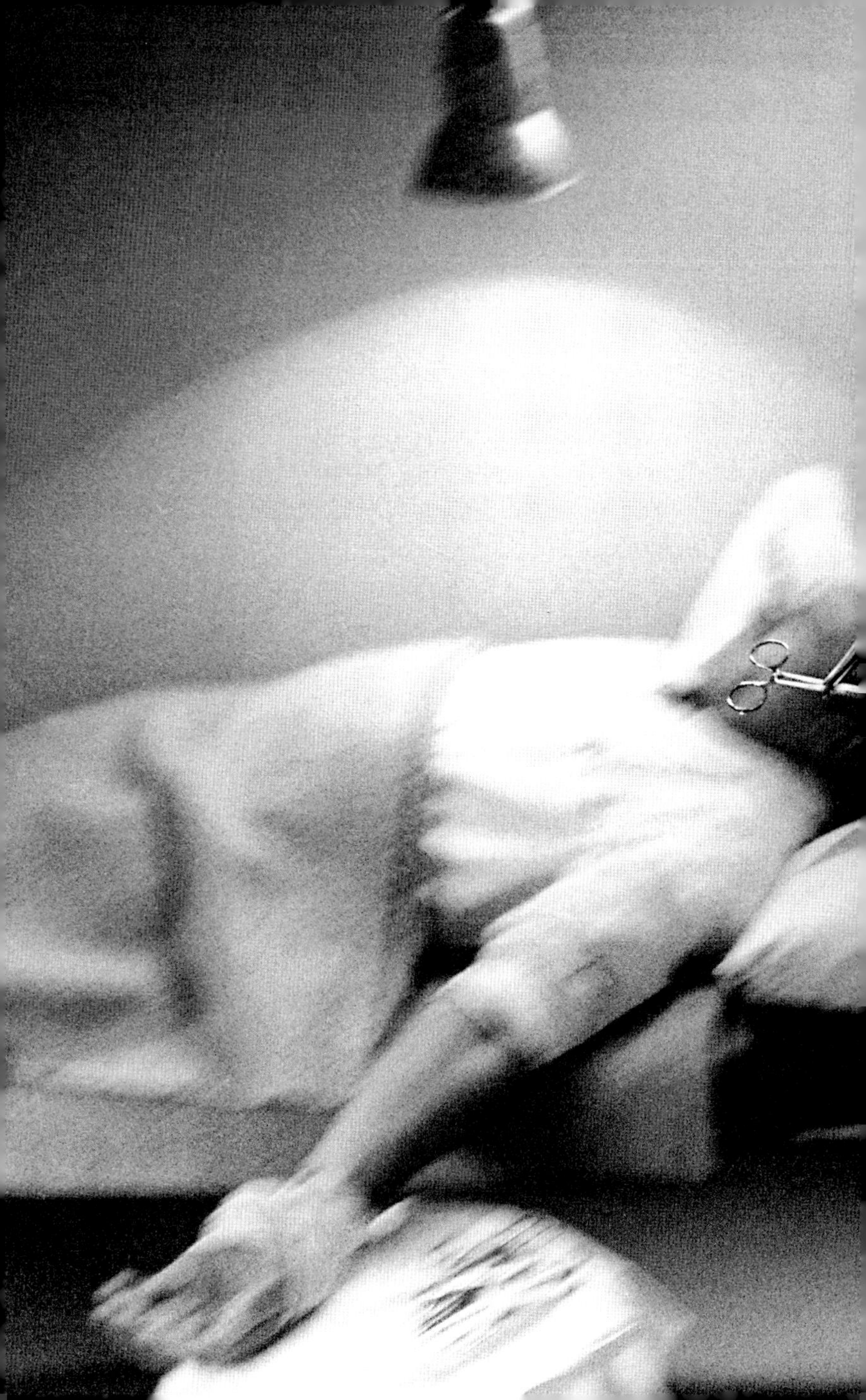

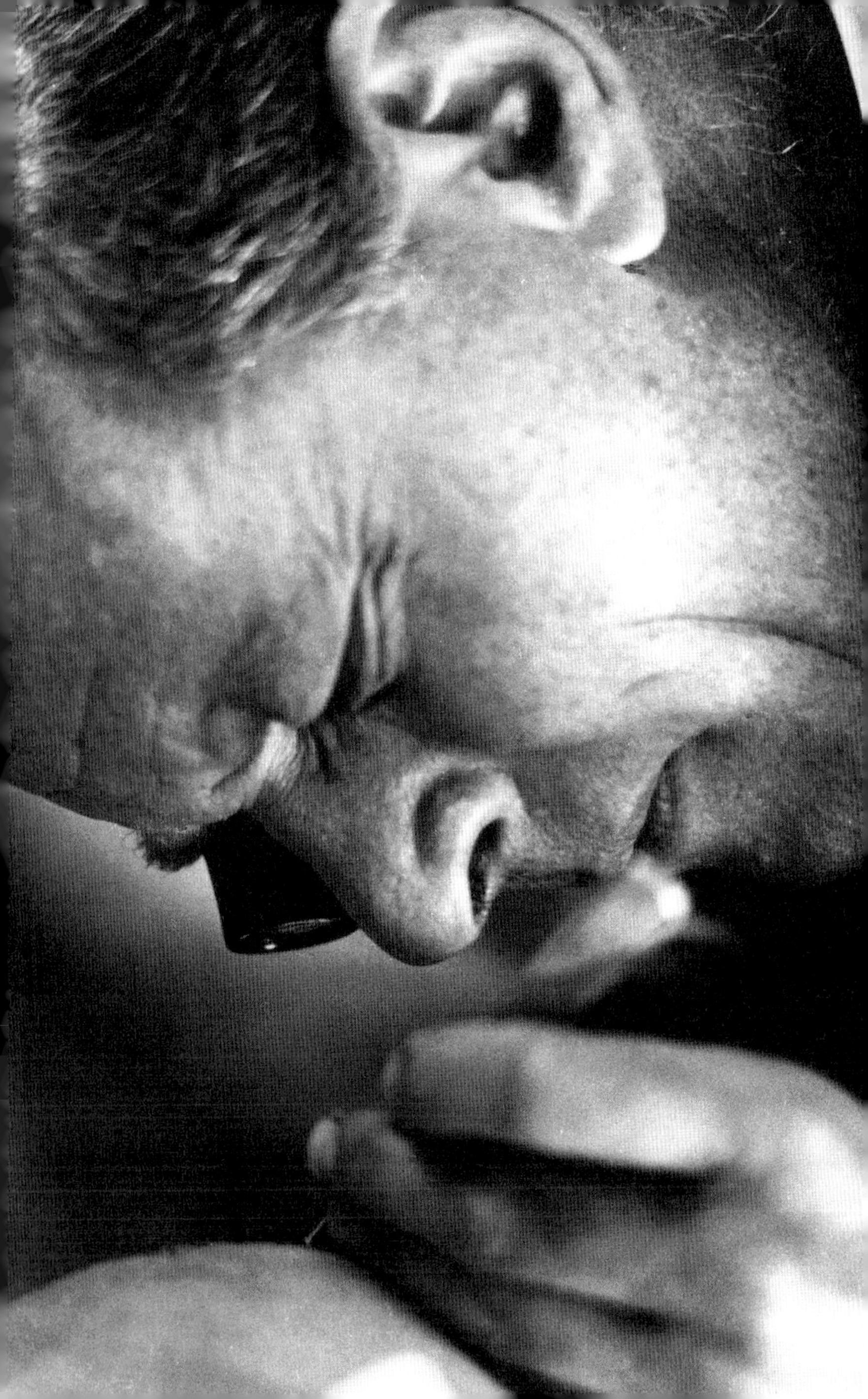

あるとき、彼は患者の胸部に深く注射器の針を差しこんだ。苦痛はたいしてないはずだったが、患者は気分が悪くなり、その不快感を説明しようとした。「そこはわたしが生きている場所なんだ。そこに針を差しこまれているんだから」「わかるよ」とササルは言った。「どんな感じかはよくわかる。わたしは目の近くに何かされることには耐えられない。そこをさわられるのには我慢できないんだ。わたしが生きているのはそこ、ちょうど目の奥の裏側の部分だからね」

少年時代、ササルはコンラッドの本から大きな影響を受けた。イギリスの陸地に住む中産階級の生活の退屈さと自己満足に対して、コンラッドは海という道具を使って〝想像を絶するもの〟を提供した。この詩的な作品のなかには、しかし、男らしくないものや柔弱なものはまったくなかった。それどころか、想像を絶するものに対峙できるのは、自制心のある、口数の少ない、外面的には平凡な男たちだけだった。コンラッドが絶えずその危険性を警告し、警告すると同時にそれに訴えかけているもの、それが想像力だった。そして、海はこの矛盾を象徴するかのような存在になっている。海は想像力を刺激するが、想像を絶する猛威をふるう海に対峙するためには、その挑戦に応じるためには、想像力を捨て去らなければならない。というのも、想像力は自己の孤立化と恐怖心へとつながるからである。

この矛盾を解決し、それを解決することで、ドラマ全体を自分の立身出世しか考えないつまらない平均的な人生をはるかに超えた、高尚かつ高貴なレベルに押し上げるもの、それが奉仕するという理想である。こういう理想を掲げることには二重の意味がある。奉仕することはその難問に挑んだ少数の特権的な人々が尊重する——単なる抽象的な原則としてではなく、自分たちの技能をうまく駆使するために必要な条件として尊重する——諸々の伝統的な価値を尊重しなければならないことを意味する。と当時に、奉仕するということはその少数者が彼らに依存する多数の人々——乗客、乗組員、貿易業者、船主、仲介業者——に対して背負わなければならない責務を引き受けることをも意味するからだ。

もちろん、わたしは単純化しているのである。コンラッドの海に対する態度をこんなふうに要約することが穏当だとしたら、彼はこれほど偉大な作家にはなってはいなかっただろう。しかし、こんなふうに単純化してみれば、中流家庭というバックグラウンドに反撥してはいたが、ボヘミアン的な生活には興味がなかった少年にとって、なぜコンラッドが訴えるものをもっていたかが見えてくるのではないだろうか。少年は肉体的な勇敢さに憧れていた。自分が実際的な人間であることが気にいっていて、手を使う仕事が好きだった。感情よりもむしろ物事に興味をもっていた。そして、年長者のご都合主義を恥じ入らせるような倫理的模範という理想に——同じ社会階層や同じ世代の多くの少年たち同様に——心を駆り立てられていた。

実際、十五歳になるころには、彼は船員ではなく医師になろうと決めていた。父親が歯医者だったので、医師たちと知り合う機会には恵まれていた。十四歳のときには、彼はすでに地元の医師の調剤室に出入りしていた。薬瓶の包装を手伝うという名目だったが、実際には、隣室で行なわれている診察の様子に耳を傾けていた。医師を大型船の船長と同じようなものとして想像することは十分可能だったのである。

その当時、ササルが医師について抱いていたイメージは――

「何でも知っているが、憔悴した顔をしている人というイメージだった。あるとき、真夜中に医者が来たことがあって、そのとき初めて医者も眠るのだと知った――ズボンの裾からパジャマのズボンがはみ出しているのが見えたからだ。しかし、わたしがなによりもよく覚えているのは、ほかのだれもがうろたえて大騒ぎしているときに、医者が冷静に指揮を取っていたことだ」

これをコンラッドが〈ナーシサス号〉の船長を初めて紹介している部分と比べてみよう。


アリストン船長は、古びた赤いマフラーを首に巻き、厳粛な面持ちで、一日中船尾楼で睨みをきかせていた。夜には、幽霊が墓から出現するように、しばしば甲板昇降口の暗闇から立ち現れ、ナイトシャツを風にはためかせて、星々の下に油断なく無言で立ち尽くしていたが――やがて、音もなく、ふたたび姿を消した……。このちっぽけな世界の支配者は、船尾楼というオリンピアの高みから下りることはめったになかった。そして、その下方では――いわば、彼の足下では――凡人どもがあわただしげに、たいして意味もない生活を営んでいるのだった。

どちらにも、同じような権威の――パジャマのズボンやナイトシャツではすこしも損なわれることのない権威の——感覚がある。あるいは、『台風』におけるコンラッドによる最悪の瞬間の描写を見てみるがいい。マックワール船長の声を医師のそれに置き換えれば、〝強風〟という一語を除いて、これは病気の危機的局面を描いているとも言えるのではないか。

ふたたびその声が聞こえた。むりやりかすかに響いてくる声が。強風の黒々とした荒れ地を越えて、はるか彼方の安らかな場所から響いてくるかのように、轟々たる騒音をつらぬいて響いてくる静けさの声が。ふたたび人間の声が聞こえた——か細い、けっして屈することのない声が。限りない思慮を、決意を、意図を伝えることのできる声、天空が落下し、審判がくだされる最後の日に、自信に満ちた言葉を発するにちがいない声が。その声がふたたび聞こえた。その声がはるか彼方から彼に叫んでいた——「それでいいのだ」と。

こういうものを素材として、ササルは責務についての自分なりの理念を築き上げたのである。

36

戦争中、ササルは海軍の軍医として従軍した。「ドデカネス諸島で大手術を担当していたそのころが、わたしの人生でいちばん仕合わせな時期だった。わたしは非常にリアルな苦痛に取り組んで、全体的にはなんとかうまく処理できていた」ロードス島では、彼は農民たちに初歩的な医学的知識を教えた。自分は人命を救助しているのだと考えることができたし、自分の技術や決断力をみずからに証明することができた。それが証明できると同時に、素朴な暮らしをしている人々、彼を頼りにしている人々が、自分にはない資質や人生の秘密をもっていると確信するようになった。その結果、そういう人々に対して権威を保ちながら、彼らに奉仕していると感じることができたのである。

戦後、彼は結婚して、*国民健康保険制度の下で僻地の医療に従事することを選び、ある地域で非常に好かれている老医師の下で働くことになった。この医師は血を見るのが大嫌いで、医術の秘訣は信頼にあると信じていたので、若い医師には人命救助のために働く機会がいくらでも与えられることになった。

彼はいつも働きすぎで、それを誇りにしていた。ほとんど常に往診中で――しばしば牧草地を苦労して横切ったり、器具と薬剤を入れた黒い箱をぶらさげて森の小道をたどったり、冬には、雪を掘りながら進まなければならないこともあった。彼は、医療器具といっしょに、凍った水道管を解かすためブロートーチを持ち歩いていた。

ほとんど診療所にいることがなく、むしろ、自分は動くワンマン病院みたいなものだと考えていた。キッチンのテーブルで盲腸やヘルニアの手術をしたり、キャンピングカーのなかで赤ん坊を取り上げたりもした。事故現場を探し歩いていると言ってもほとんど過言ではなかった。

緊急事態や重大な病気の場合を別にすれば、彼は何に対しても忍耐心がなかった。危険な症状がないのに苦痛を訴えるのをやめない患者がいると、ギリシャの農民の忍耐強さや〝非常にリアルな苦痛〟を抱えた人たちの必要性を思い出して、もっと運動をすることを勧めたり、できれば、朝食前に冷水浴をするといいと言ったりした。彼は自分が中心人物になれる、換言すれば、医師に肉体的に頼らざるをえないことで患者が単純化されている危機的状況にしか取り組もうとしなかったし、彼自身も単純化されていた。なぜなら、彼が選んだようなペースで生活していれば、自分自身の動機を振り返ってみたりすることは不可能だったし、不必要だったからである。

数年経つと、彼は変わりはじめた。三十代半ばになると、二十代のように何も考えずに自分自身でいることはできなくなり、ごまかさないためには、自分自身と対峙して、第二の位置から判断し

*本書ではササルの妻やこどもたちの役割について論じるつもりはない。わたしの関心は医師として彼の生き方にあるからである。

なければならなくなった。さらに、患者たちも変わっていくことに彼は気づいた。救急を要する事態はいつも既成事実としてやってくる。彼はずっと同じ人々のあいだで暮らしていたので、同じ一軒の家に異なる救急治療のために何度も呼び出されることになり、人々がどんなふうに成長していくかに気づくようになった。三年前に麻疹《はしか》の治療をした少女が結婚して、初めてのこどもを妊娠してやってきたり、一度も病気をしたことがなかった男が拳銃自殺をしてしまったりした。

あるとき、彼は年老いた年金生活者の夫婦に呼び出された。このふたりは三十年前から森で暮らしており、彼らについてはだれも取り立てて言うべきことをもたなかった。この夫婦は毎年恒例の老人会のハイキングに参加し、毎週土曜日の夜八時ごろパブに行くのが習慣だった。かつては、妻は近くの村の大きな屋敷でメイドとして働き、夫は鉄道の仕事をしていた。その妻が「下のほうから出血している」と夫が言ってきたのである。

ササルは妻の話をちょっと聞いてから、診察するため服を脱ぐように指示した。そして、準備ができるまでキッチンに行って待っていた。そこでは、夫が心配そうに彼の顔を見て、マントルピースから時計を取ってネジを巻きだした。この歳になって妻が入院する事態になれば、それはふたりの生活が終わるきっかけになりかねなかった。

医師が居間に戻ると、妻はオットマンに横たわっていた。ストッキングを巻き上げ、ドレスもまくりあげていた。〝彼女〟は男だった。医師は彼女を診察した。重傷の痔核だった。医師も夫も本人も、そこにあるべきではない性器のことにはふれなかった。それは無視された。いや、というよりむしろ、医師はそれを受けいれざるをえなかった。医師には知りようもない彼ら自身の理由によって、ふたりがそれを受けいれていたように。

患者たちが変わる可能性があることを彼は意識するようになった。医師に馴れるにつれて、患者たちは――彼が学んだどんな医学的文献も参考にならない――告白をするようになり、危機的状況という言葉の意味について彼は異なる考え方をするようになった。コンラッドの船長たちが想像力と折り合いをつけたやり方――想像力にどんな表現も許さずに、そのすべてを海に投影して、海こそ自分の存在理由であると同時に自分の敵だと言わんばかりにそれと対決するやり方――は彼のような立場の医師には適切ではないことを悟った。それまで彼はまさにそういうやり方をしていた――船長たちが海を使ったように、病気や危篤状態を使っていたのである。だが、いまや、彼は想像力と正面から向き合い、その可能性を探る必要さえあることに気づいた。それはかならずしも、自然がふるう猛威の可能性を見つめる船長のときみたいに、〝想像を絶するもの〟に結びつくとは限らなかったし、かつての彼自身の場合のように、死の淵での闘いばかりを見つめることになるとも限らなかった（こういう常套句は想像力には欠かせない）。あらゆるレベルで想像力を活かさなければならないことを彼は理解しはじめた。まず第一に自分の想像力を――そうしなければ、彼の観察は歪んだものになるおそれがあるからだが――、それから、患者たちの想像力も。

年長の医師が亡くなると、ササルははるかに多くの時間を診察室で、患者に耳を傾けることに使わなければならなくなった。同時に、業務を手伝ってくれる別の医師を見つける必要があった。彼は診療業務をふたつに分けて、もうひとりの医師が自分の診察室で彼自身の専門分野の患者を診ることができるようにした。それでも彼の仕事は多すぎたが、ふつうの患者に割ける時間が増え、自分自身やほかの人たちを観察できるようになった。

彼は文献――とりわけフロイト――を読みはじめた。ひとりの人間が自分でできるかぎり、自分の性格や過去におけるその根源《ルーツ》を分析した。フロイト自身もみずからの自己分析について語っているように、それは苦痛にみちたプロセスだった。よみがえったさまざまな記憶のせいで、六カ月ほどのあいだ、彼は性的に不能に陥った。この危機がもたらされたのは、それまで〝想像を絶するもの〟として外側に投影していたものの根拠を自分の内側から探り出そうとした結果なのか、それとも、危機的な時期に突入した結果、自分をもっと詳しく見つめなおそうと決意したのか、いまはどちらだとも言えない。いずれにせよ、それはシベリアやアフリカの医術において、専門職としてのシャーマンやイニヤンガが生まれる前の孤立と危機の時期を思わせる。ズールー族はこのプロセスにひとつの名前を付けている。イニヤンガが苦痛に苛まれるのは、霊魂が彼を休ませてくれないからであり、彼が〝夢の住処〟になるからだというのである。

この危機を乗り切ったあとも、ササルは依然として過激だった。わかりやすい若者らしい過激主

義がもっと複雑で成熟したそれになっただけだった。生死に関わる救急処置が、患者は全人格的に扱われるべきであり、病気は自然の災厄に屈した結果ではなく、しばしば一種の表現であるという直感に取って代わられたのである。

これは危険地帯に足を踏み入れることだった。というのも、人は無数の漠としたもののなかに迷いこんで、こういう直感を追究できる時間や機会がもてるようになるまでに医学を発展させた精密な技術や知見を、たやすく忘れたり軽視したりしがちだからである。にせ医者は、ペテン師か、さもなければ、自分が見抜いた数少ない識見を医学的知識の全体と関連づけることを拒否する(心霊治療師である。

ササルはこの危険を楽しんでいた。安全な考え方はいまでは陸《おか》に腰を据えているようなものだと思えた。「常識というのは、もう何年も前から、わたしにとっては禁句《タブー》になっている――事実に基づく問題、ごくわかりやすい問題に当てはめる場合は別かもしれないが。人間を相手にする場合、それがわたしの最大の敵であり、誘惑でもある。常識は見えすいた、いちばん簡単な、すぐに見つかる答えを受けいれろとわたしを誘惑する。しかし、それに頼った場合はほとんどいつも、わたしは裏切られてきた。わたしがどんなにしばしばその罠に陥ったか、いまでもまだ陥ることがあるかは神のみぞ知るだ」

毎週、彼は三誌の主要な医学雑誌にかなり詳細に目を通しており、ときおり病院での再教育コースに参加している。常に最新の情報に通じているように努力しているのである。しかし、彼が満足感を味わえるのは、ほとんどの場合、どんな従来の説明もぴったり当てはまらない力、その患者独自の人間としての経歴によって決定される力と向き合わなければならない症例においてだった。彼はそういう孤立した人間の同伴者になろうとしているのである。

彼はいい医者として認められている。彼の診療体制、提供している設備、彼の診断や臨床技術はやや過小評価されている気味がある。患者は自分たちがどんなに幸運か気づいていないのである。だが、ある意味では、これは避けがたいことでもある。自分たちの基本的な必要が満たされることが幸運だと考えるのは、よほど自己をはっきりと意識している人間に限られるし、彼がいい医者だと判断されているのは、きわめて基本的、初歩的なレベルでだからである。

彼はざっくばらんで、手間がかかることを怖れず、話しやすく、よそよそしさはなく、親切で、思いやりがあって、よく話を聞いてくれ、必要なときにはいつも快く往診してくれる、細心綿密な

医者だとだれもが言うにちがいない。また、彼は気分屋で、理論的な問題、たとえばセックスのことなどになると、言うことがむずかしく、ただ人を驚かすために変わったことをやることがある、とも言うだろう。

彼が医師として人々の必要に実際どんなふうに応えているかは、こういう形容のどれが暗示するよりもはるかに複雑である。それを理解するためには、まず医師と患者の関係の特殊な性質と深さについて考えてみる必要がある。

原始時代の呪医は、しばしば聖職者であり、魔術師であり、判事でもあったが、その部族で最初に食糧調達の義務を免除された専門家だった。この特典とそれによって彼に与えられた権力の大きさは、彼が仕えていたニーズの重要性をそのまま反映している。病気に気づくことは、人間が自意識をもったとき、まず第一に払わなければならなかった――いまでも払っている――代償の一部である。気づくことによって苦痛や身体的障害は増大する。その結果である自意識は社会的現象であり、この自意識が治療の、医療の可能性をもたらすのである。*

*初期の医療のもつ哲学的意味については、ヘンリー・E・ジゲリスト（Henry E. Sigerist）の *History of Medicine*: vol. 1, *Primitive and Archaic Medicine*（New York: OUP, 1951）; vol. 2, *Early Greek, Hindu, and Persian Medicine*（New York: OUP, 1961）〔邦訳『医学の歴史――医学の夜明けを尋ねて』（1・2）、大津章訳、三学出版、二〇〇九年〕を参照。

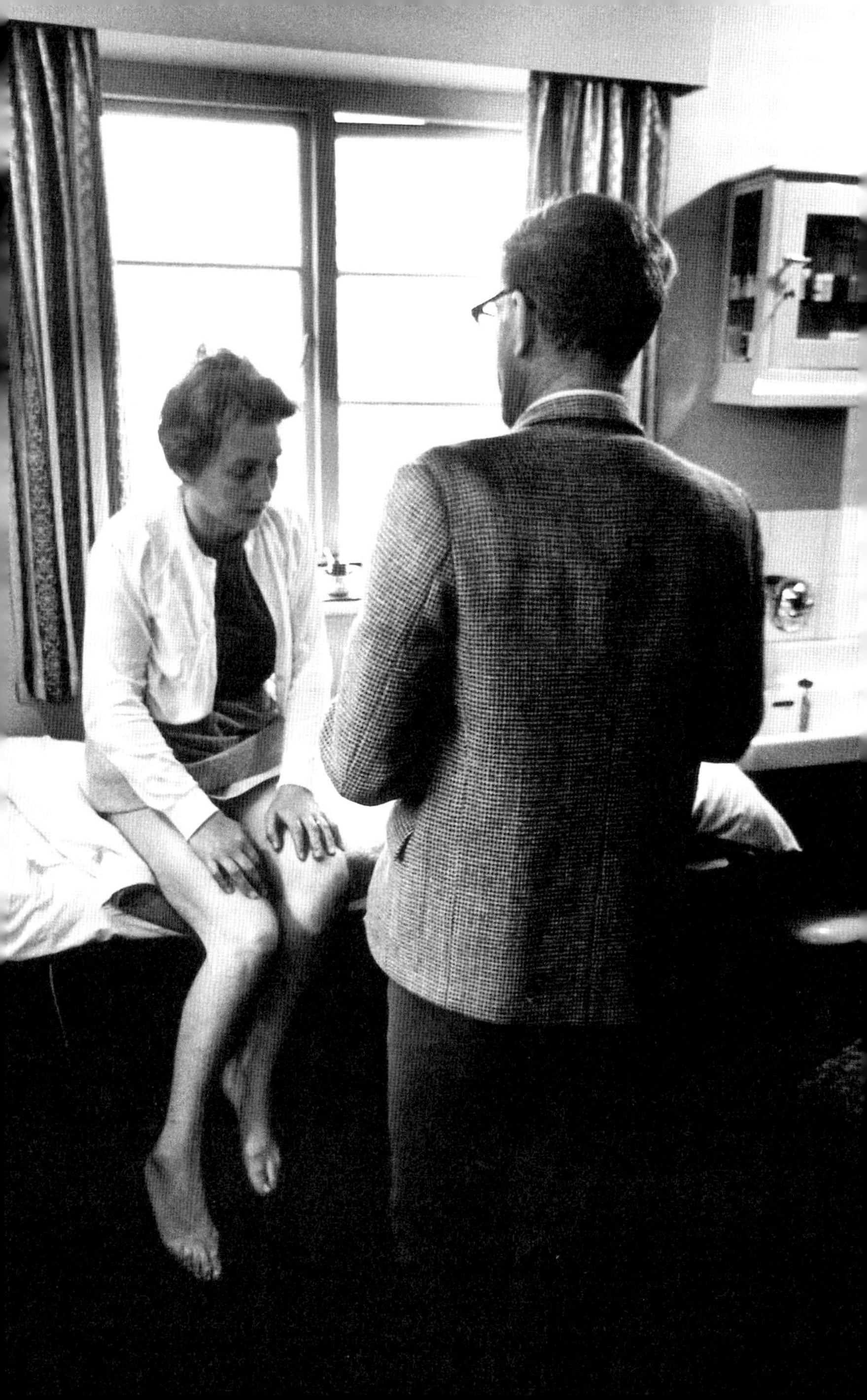

原始的な部族の人々が自分が受ける治療のことを胸のうちでどう思っていたかを想像して再現することはできない。しかし、今日のわたしたちの文化のなかで、わたしたち自身はどんなふうに思っているのだろうか？　自分を医師の手にゆだねるのに必要な信頼をわたしたちはどうやって身につけるのだろう？

わたしたちは医師に自分の体にふれる権利を与えている。医師を除けば、わたしたちが意図的にそんな権利を認めるのは恋人に対してくらいでしかなく、多くの人はそれさえ怖がるにもかかわらず。ところが、医師はどちらかと言えばあまりよく知らない他人なのに、わたしたちはそうしているのである。

この関係に含まれる親密さがどの程度のものかということは、(わたしたちのだけではなく) すべての医療倫理が医師の役割と恋人のそれを画然と区別することに留意しているという事実を見れば、いちだんとあきらかになる。ふつうこれは、医師は裸の女性を見ることができ、体のどこにでもさわることができるので、それだけでも性的な誘惑に駆られる可能性があるからだと考えられている。だが、これは想像力の欠けた幼稚な考えでしかない。医師が患者を診察するのは、いつも人の性欲を減退させるような条件の下でに決まっているからである。

医療倫理で性的な品行方正さが強調されるのは、医師を縛りつけるためというよりはむしろ患者に約束するためである。この約束には、医師が患者の弱みに付け入ることはしないという約束より

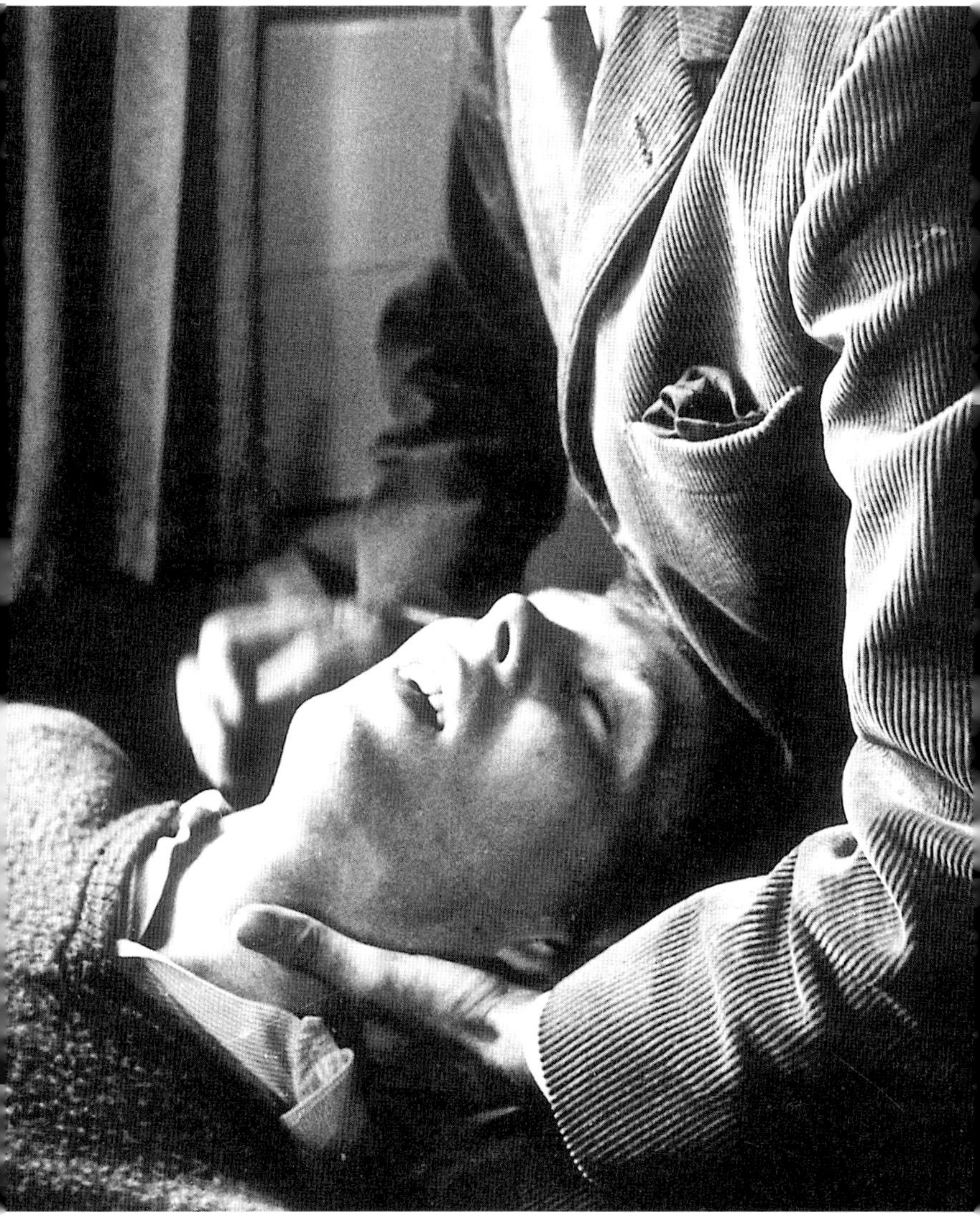

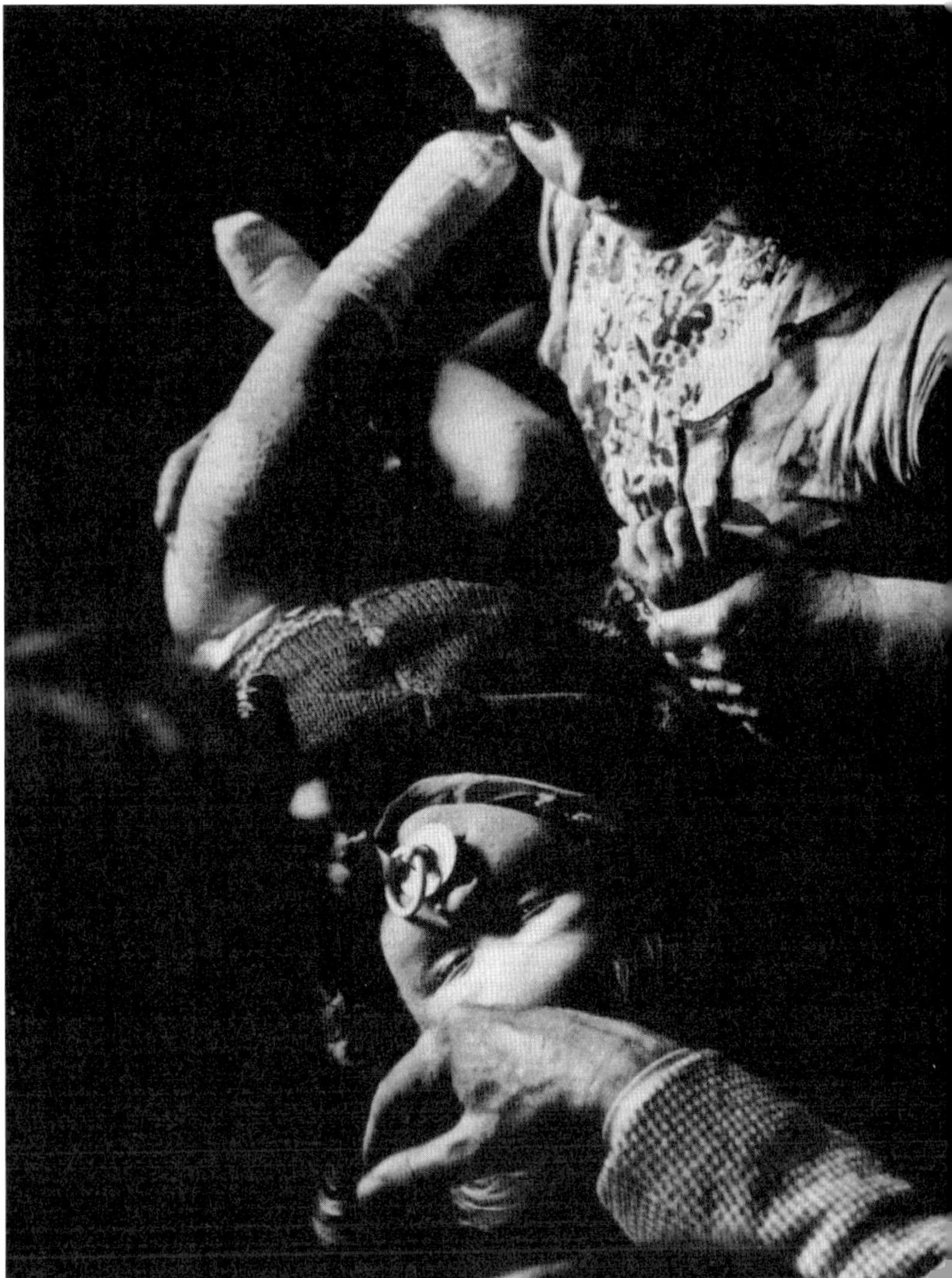

はるかに大きなことが含まれている。それは性的な基盤のない肉体的な親密さをはっきりと約束しているのである。だが、しかし、それはいったいどんな親密さなのか？　確かなのはそれがこども時代の体験に属するということだろう。わたしたちはこども時代の状態に戻るかのようにして医師にわが身をゆだねるが、同時に、家族の意識をひろげて医師をその一員にしようとする。つまり、医師は家族の名誉会員みたいなものだと考えようとする。

　患者が父親または母親離れしていない場合、医師はその親の代理物になることがあるが、そういう関係には性的な要素がかなり含まれるため、問題が生じる。病気の場合、わたしたちはふつうは医師を兄または姉のようなものとして想像するのである。

　死に際しても、似たようなことが起こる。医師は死に慣れ親しんでいる。医者を呼びにやるとき、わたしたちは彼が自分たちの病気を治し、苦痛を和らげてくれることを求めるが、治療が不可能なときには、自分たちの死の証人になることを求める。この証人の価値はこれまで数多くの死に立ち会ってきたことにある（かつての聖職者たちのほんとうの価値も、祈りや最後の秘蹟というよりはむしろ、このことにあった）。医師はわたしたちと無数の死者のあいだの生きた媒介者なのである。彼はわたしたちに属していながら、彼らにも属している。医師を通して死者たちから送られてくる、過酷だが本物の慰めもやはり友愛的なものである。

　わたしがいま言ったことを、患者が親しみの感じられる医者を望むのはごく自然なことだと要約して〝標準化〟してしまうのは大きな誤りである。それまでの経験とどんなに矛盾していても、懐疑心によってどんなに保護されていても、自分ではどんなに意識していないとしても、患者の望みや要求はそれよりはるかに深くかつ具体的だからである。

病気になると、多くのつながりが断ち切られる。病気は自意識を切り刻み、歪んだ断片的なものにしてしまう。医師は、病人との関係を通じて、彼に許された特別な親密さを利用して、この断ち切られた関係の埋め合わせをする必要があり、病人の悪化した自意識の社会的内容をあらためて肯定してやらなければならない。

友愛的な関係――あるいは、患者の心の底にある、口に出されることのない、友愛への期待――とはいっても、それはもちろん医師が本物の兄弟みたいに振る舞えるとか、振る舞うべきだという意味ではない。医師に求められるのは、理念としての兄弟のような確かさをもって患者を認知することである。友愛の役割は認知することなのである。

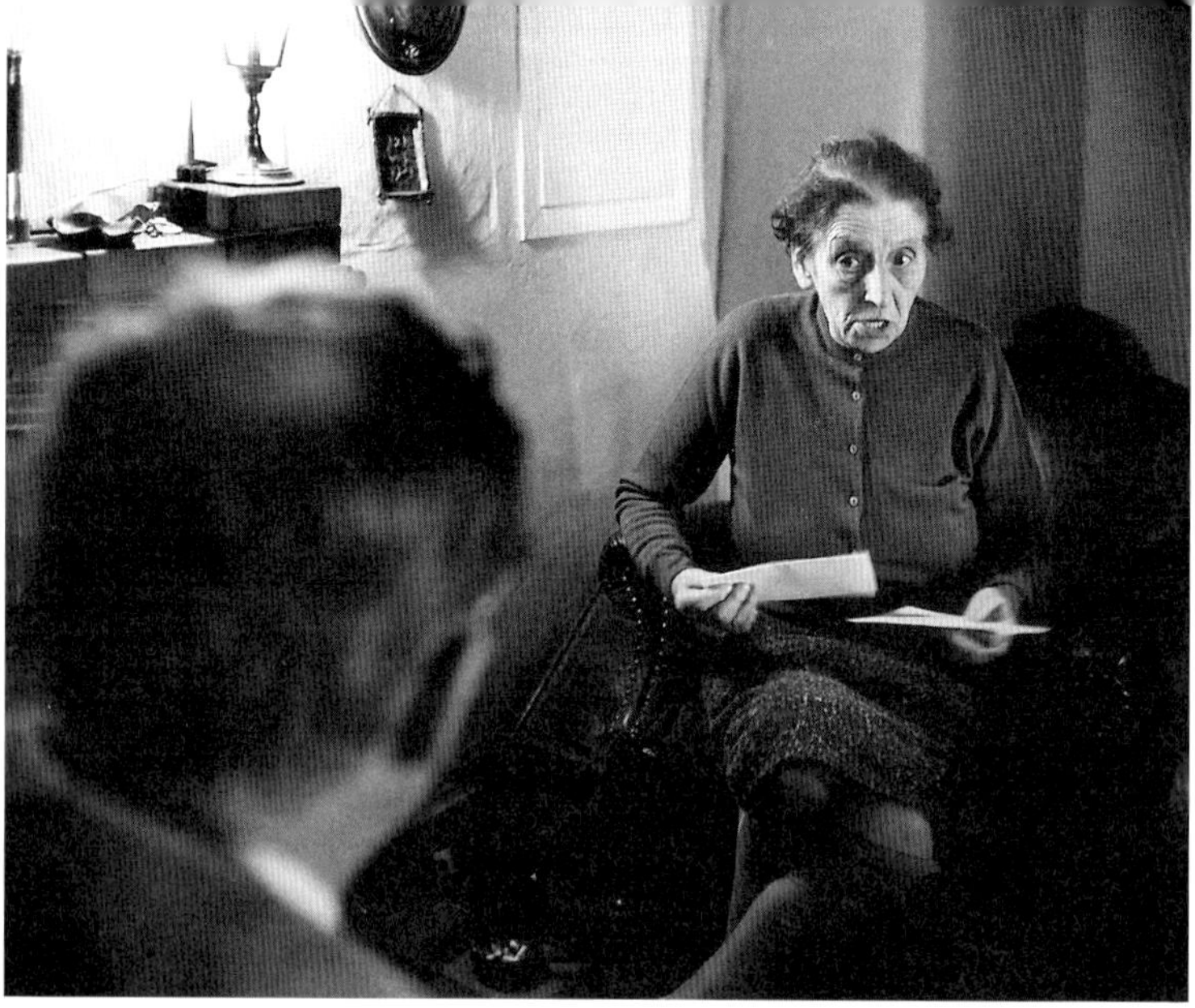

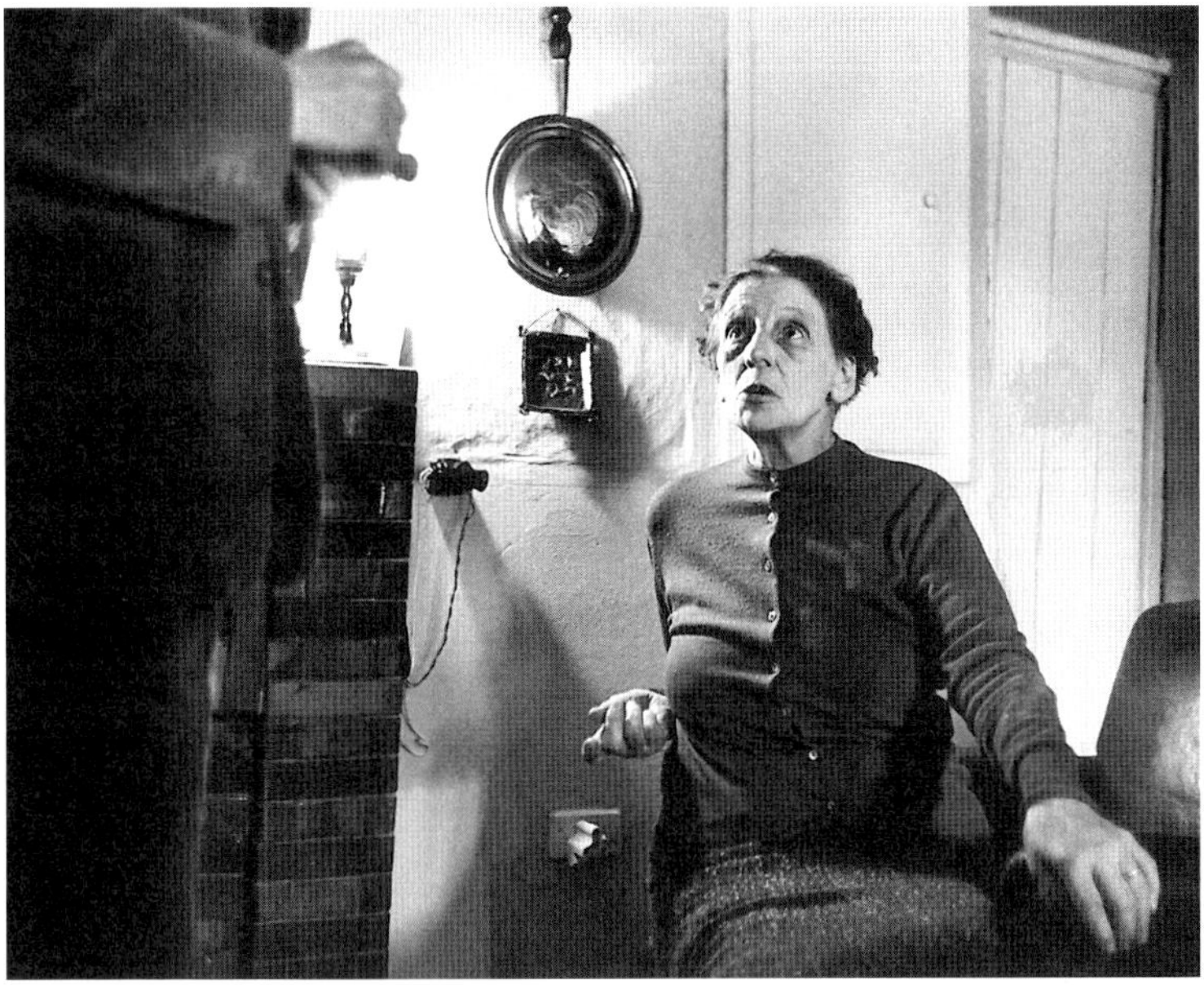

この個人的かつきわめて親密な認知は、身体的なレベルでも心理的レベルでも要求される。身体的なレベルでは、それは診断技術になる。すぐれた一般診療医が稀なのは、大半の医師に医学的知識が足りないからではなく、関連する可能性のあるすべての事実——身体的なものだけでなく、情緒的、病歴的、環境的事実——を考慮に入れることができないからである。彼らはひとりの人間の現実の状態をあきらかにして、そこから考えられるさまざまな状態を検討する代わりに、個別的な状態を探り出そうとする。遠からぬうちに、コンピューターが医師よりも正確な診断をくだせるようになるかもしれないが、たとえそうなっても、コンピューターに入力される事実は依然と

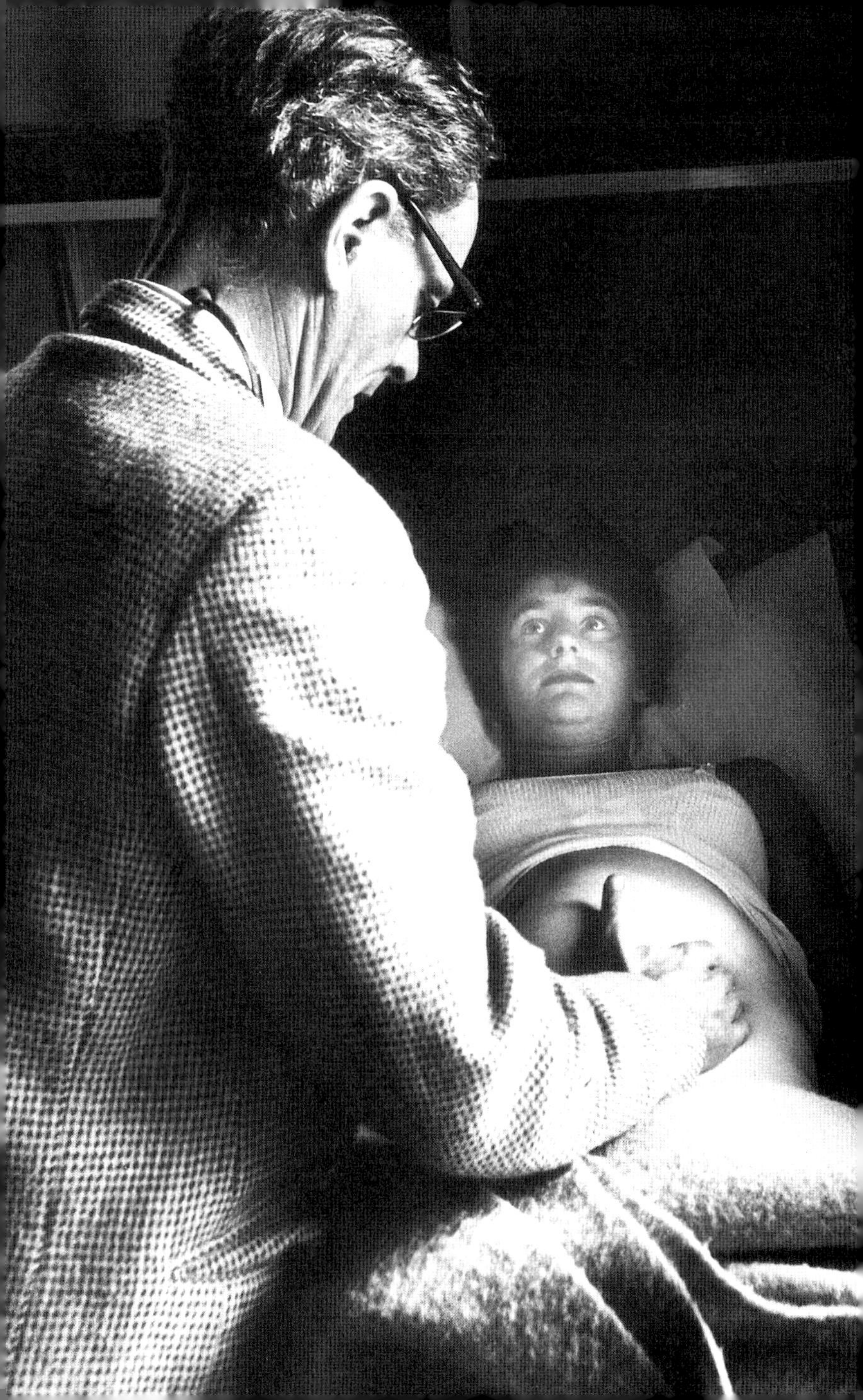

して、患者を親密かつ個人的に認知した結果でしかないだろう。

心理的なレベルでは、認知は支援《サポート》を意味する。病気になると、わたしたちはすぐに自分の病気が独特なものではないかという不安を抱く。自分のなかで議論して、そんなはずはないと自分に言い聞かせるが、それでもなんとなく不安が残る。不安が残るのにはもっともな理由がある。病気は正体不明の圧力であり、わたしたちの存在そのものを脅かす可能性を秘めているが、わたしたちは自分の存在の独自性をいやというほど意識しているからである。換言すれば、病気はわたしたちの独自性を共有しているのだと言える。その脅威に不安を抱くことによって、わたしたちは病気を受けいれ、それを自分自身のものにする。医師が患者の病状になんらかの名前を与えると、患者が度外れなくらい安心するのはそのためである。病名は患者にとってたいして意味がないかもしれないし、それが何を意味するのか彼らはまったく理解していないかもしれないが、名前が与えられたことで、病気は彼らから切り離された存在になる。そうすれば、患者はそれと闘ったり、それについて愚痴をこぼしたりできるようになる。病気が認知されることは、病気が定義され、限定され、個人的なものでなくなることは、患者がもっと強くなれることを意味する。

これは、全体としては、医師と患者を含む弁証法的なプロセスである。病気を完全に認知する――完全にというのは、具体的にどんな治療が必要かを指示できるようなかたちで認知する必要があるからだ――ためには、医師はまず患者をひとりの人間として認知しなければならない。だが、患者にとっては——彼が医師を信頼しており、この信頼が最終的には治療の有効性にかかっているとしてだが——医師による病気の認知が助けになる。それが病気を切り離し、非個人的なものにしてくれるのである。*

これまでのところ、わたしたちは問題をできるだけ単純化したかたちで、つまり、病気は患者に降りかかってくるものとして考えてきた。病気における不幸の役割、情緒的あるいは精神的な障害という要素を無視してきたのである。病気のうちそういう要素によって左右されるものが実際どのくらいあるかについては、一般医による推計では五パーセントから三〇パーセントと大きなひらきがある。これはおそらく原因と結果を手っ取り早く区別する方法がないからであり、ほとんどどんな病気にもなんらかのかたちの情緒的ストレスがあり、それに対処しなければならないからだろう。

大部分の不幸は、それが自分独特のものだという感覚を募らせるという意味で、病気に似ている。あらゆる不満は、他人のそれとは似ていないことを誇張することで、膨れあがっていく。客観的に見れば、これは合理的ではない。というのも、わたしたちの社会では、満足よりも不満のほうがはるかにふつうで、満ち足りた状態より不幸なことのほうがずっとありふれているのだから。けれども、問題は客観的な比較ではなく、自分自身をなんらかのかたちで確認できるものを外側の世界に

*この問題の包括的な研究書としては、マイクル・バリント（Michael Balint）のすばらしい著書 *The Doctor, His Patient and The Illness* (London: Pitman, 1964)〔邦訳『実地医家の心理療法』、池見酉次郎等訳、一九六七年〕を参照。

見つけられないということなのである。確認できないことで、自分は取るに足りない存在だと感じるようになり、この無用の感覚が孤独感の核になる。というのも、過去にどんなにぞっとするようなことがあっても、ほかの人間たちの存在はいつでも目的をもてる可能性があることをわたしたちに約束しているからである。どんなものでも、例があるということは希望を与える。しかし、自分ひとりだけだという確信はあらゆる例をなきものにしてしまう。

不幸な患者が医者のところに来て、病気を差し出すとき、自分のなかの少なくともこの部分（病気）は認知してもらえるのではないかと期待している。ほんとうの自分自身を知ってもらうことは不可能だと患者は信じている。この世の光に照らしてみれば、彼は何者でもなく、自分自身の光に照らしてみれば、この世界はなんの意味もないのだから。医師の任務は――病気をただその額面どおりに受け取って、自分にとって〝むずかしい〟患者にしてしまうのをよしとしないなら――あきらかにその人間を認知することにある。自分は認知されていると患者が感じるようになれば――その認知には患者が自分でもまだ知らなかった自分の性格のいくつかの側面が含まれていることも多いにありうる――彼の不幸の希望のなさに変化が生じることになり、場合によっては、幸福になるチャンスさえ出てくるかもしれない。

わたしはここでは〝認知〟という言葉を心理療法の複雑な技術全体を含むものとして使っている。それは十分承知しているが、本質的には、そういう諸々の技術は認知のプロセスを促進するための手段なのである。医師がどんなことをすれば、不幸な人間は自分が認知されていると感じるようになるのか？

正面から単刀直入に親しみのこもった挨拶をしたとしても、たいした効果は期待できない。患者の名前はすでに無意味なもの――その背後で自分だけに起こっていることを隠す壁のようなもの――になっているからである。彼の不幸に、病気の場合のように、名前を与えることもできない。鬱状態の人間にとって〝鬱病〟という言葉にどんな意味がありうるというのだろう？　それは患者自身の訴えをただ繰り返しているだけなのだから。

認知は間接的に行なわれるのでなければならない。不幸な人間は自分がある種の症状が張りついているだけのなんでもない存在として扱われるものと考えている。このなんでもない存在でしかないということが、逆説的かつ皮肉なことではあるが、彼が唯一無二の存在である証拠になっているのである。この悪循環を断ち切らなければならない。そのために考えられるひとつの方法は、医師が自分を患者と似たような人間として提示することである。そのためには医師はほんとうに想像力ゆたかな対処の仕方ができ、さらに自分自身を正確に知り抜いている必要がある。悪化している自意識にもかかわらず、患者が医師のなかに自分と似たような部分を認めるチャンスが与えられ、しかもそのとき医師がふつうの人間だと思えるのでなければならない。一度だけのやりとりでこういうチャンスが生じることはめったにないし、それをもたらすのは医師が言った特定の言葉というよりはむしろ全体的な雰囲気だろう。患者の信頼が深まるにつれて、認知のプロセスはいっそう微妙なものになる。治療がある程度進んだ段階では、重要なのは医師が患者の話を受け止めること、それを正確に評価して、どうすれば患者の生活のさまざまな部分をひとつの統一のとれたものにまとめられるかをそれとなく示すことである。そうすることで、患者は自分や医師やほかの人たちが似たような存在だと思えるようになる。なぜなら、患者が自分自身や自分の不安や夢想についてどんなことを言っても、それは少なくとも自分と同じくらい医師にもよく知られたことだと思えるからである。彼はもはや例外的な存在ではなくなり、認知されうるものになったのである。これが治癒するため、適応するために必要な前提条件なのだ。

さて、これでいちばん初めの質問に戻ることができる。ササルはどうしていい医者だと認められているのか？　治療によってか？　これが正しい答えのように思えるかもしれない。だが、わたしはそうではないと思う。驚くほどひどい医者で、何度もミスを繰り返しているのでもないかぎり、結果が医師に不利になることはなく、素人目には、結果はいつも医師に有利に見える傾向がある。そうではなくて、彼がいい医者だと見なされるのは、患者の心の底に秘められた、口に出されることのない、友愛を感じとりたいという期待に応えているからである。彼は患者たちを認知する。ときにはそれに失敗することもあるが、それはその決定的な機会を見逃してしまった結果、患者の抑えつけられた憤懣が凝り固まって、突き破れなくなってしまうからである。それでも、彼には認知しようとする弛《たゆ》みない意志があることが感じられる。

「ドアがあくと、死の谷にいるような気分になることがある」と彼は言う。「仕事をはじめてしまえばだいじょうぶだが。わたしはこの気の弱さをなんとか克服しようとしている。というのも、患者にとって、最初のコンタクトはきわめて重要だからだ。患者が初めに嫌な気分にさせられ、歓迎されていないと感じさせられると、その患者の信頼を得るのには長い時間がかかり、結局はうまくいかなかったりする。わたしは完全に心をひらいた挨拶をすることにしている。わたしの立場ではすこしでも自信がなさそうにするのは間違っている。それは怠慢の一種だと思う」

患者に話しかけたりその話を聞いたりするとき、取り違えをすこしでも減らすために、彼は両手で触診しているかのように見える。そして、患者に手をふれて診察しているときには、会話をしているかのように見える。

ササルはそんなふうに仕事をする必要を感じている。彼は自分自身を治療するために　ほかの人たちを治療しているのである。こういう言い方はふつうは単なる常套句、ひとつの結論にすぎないが、ここであるひとつのケースを見ることで、そのプロセスを理解する糸口がつかめるのではないかと思う。

ササルが以前もっていた熟達しているという感覚は、緊急事態に対処する技術を通して獲得されたものだった。生じる可能性のある問題はすべて彼自身の専門分野のなかで発生するものであり、医学的な問題だった。彼は常に中心人物でいることができたのである。

だが、いま、中心人物は患者だった。彼はひとりひとりの患者を認知しようとし、認知できると、その患者にひとつの例を——患者を精神的によりよい状態にするための例ではなく、患者がそのなかに自分自身を認知できるような例を——示そうとする。これをもっと単純化すれば——というのも、いま問題にしているのは複雑な平均的症例ではなく、ササルの動機だから——彼は患者を〝よりよい状態にする〟ためにその患者に〝なる〟と言うことができるだろう。彼は自分の例を提供することによってその患者に〝なる〟。彼は患者を治療するか、少なくともその苦痛を緩和することによって患者を〝よりよい状態にする〟。ところが、患者は次々に入れ替わるが、彼は常に同じ人間なので、その効果が累積していく。彼がもっている熟達しているという感覚は普遍的なものへ向かっていくという理想によって培われているのである。

普遍人という理想には長い歴史がある。それは古代ギリシャの民主主義――奴隷制の上に成立しているものではあったが――の土台になる理想だった。そして、ルネサンスの時代によみがえり、多くの人々にとって現実になった。それは十八世紀の啓蒙思想の原理のひとつであり、フランス革命以降も、少なくとも理念としては、ゲーテやマルクスやヘーゲルなどによって維持された。普遍人の敵は労働の分割、すなわち分業だった。十九世紀半ばには、資本主義社会における分業はひとりの人間が多くの役割を果たす可能性を消し去っただけでなく、ひとつの役割を果たすことさえ不可能にして、機械的なプロセスの部分の部分にしかなれないように運命づけた。コンラッドが「神のほんとうの住処は、もっとも近い陸地から少なくとも一千マイル離れたあらゆる場所からはじまる」とし、そういう場所でなら、人間は自分のすべてを十全に発揮できる、と考えたのもすこしも驚くべきことではなかった。普遍人という考えはいまでも生き残っている。オートメーションとそれによってもたらされる長期の休暇がそれを約束しているのかもしれない。

したがって、ササルの普遍人になりたいという欲求をまったくの個人的な誇大妄想として片付けることはできない。彼には自分の想像力と拮抗する経験への欲求があり、その欲求を抑えようとはしてこなかった。そういう新しい経験への欲求を満たすことの不可能性を悟ることが、わたしたちの社会の三十歳以上の大半の人たちの想像力を殺してしまっているのだが。

ササルは幸運な例外であり、彼が――外見的にはともかく――精神的には実際の歳よりずっと若く見えるのはそのためだろう。ちょっと見たかぎりでは、彼にはいまだ学生みたいなところがある。たとえば、彼はいろんな活動のために〝特定の服装〟をするのが好きで、おしゃれな若者と同様に、ごくさりげなくそうしている。冬に土を耕すときにはセーターとストッキング・キャップ、犬を連れて狩りに出かけるときは鳥打ち帽《ディアーストーカー》と紐の付いた革製の脛当て《レギンス》、葬式にはコウモリ傘とホンブルグ帽。公開の席でメモを読み上げなければならないときには、彼はわざと校長みたいに眼鏡の縁越しに聴衆を見る。彼の持ち場以外の中立的な場所で会えば、そして彼がまだ話しはじめていなければ、一瞬、あなたは彼が俳優だと思うかもしれない。

実際、彼は俳優になっていたかもしれないのだ。俳優になれば、やはり多くの役割を演じることができたのだから。自己をいくつもの自己に増殖させたいという欲求は、もとはと言えば、自己顕示欲に端を発する。しかし、現在医師であるササルにとって、この動機はまったく別のものに変わっている。観衆はいるはずもないので、いくら自分を顕示しても、それを評価できるのは自分自身しかいないからである。いまでは彼の動機は知ること、ほとんどファウスト的な意味で、知ることになっている。

知ることへの情熱はブラウニングのパラケルスス――その生涯の物語はのちにファウスト伝説を産み出す源泉のひとつになった――についての詩のなかで描かれている。

わたしは美のための美のみで生きてはいかれず、美しいものの香気にその美しさゆえに酔い痴れることもできない。
わたしの性《さが》から生来の刻印が消えてしまうことはなく、
わたしはいまだにあらゆる事実を掻き集め、山積みにし、分類せずにはいられない。
その先にある目的はただひとつ、どうしても知りたいということなのだ！
神がわたしを玉座に据えたとしても、わたしが神の言葉に耳を傾けるのは
自分の目的をさらに追究するためだけだろう！

パラケルススとは違って、ササルは神智論者でもなければ、占星術師でもない。彼は医術よりも科学を信じている。

「医師がアーティストだと言われるのは、ほとんど常に社会の欠陥が原因だ。もっとよい社会では、もっと正しい社会では、医師はもっとずっと純粋な科学者だと見なされるだろう」

あるいは、

「人間が置かれている条件の本質的な悲劇は、知らないということ、わたしたちが何者か、なぜ存在しているのかを――確かなかたちでは――知らないということにある。しかし、だからといってわたしが宗教に向かうことはない。宗教はその答えを与えてくれないからだ」

とはいえ、この力点の違いはおもに歴史的なものである。パラケルススの時代には、病気は天罰だと考えられていたが、それでもひとつの警告として歓迎された。なぜなら病気には限りがあるが、地獄は永遠につづくからである。苦痛は地上での生活の条件であり、ほんとうの安らぎは来たるべき人生でしか得られないと考えられていた。中世の美術で驚かされるのは、動物と人間の描かれ方がまったく対照的なことである。動物たちは自由に自分自身でいることができ、ときには恐ろしいが、またときには美しい。人間は抑えつけられていて、不安に満ちている。動物たちは現在を謳歌しているが、人間はだれもが待っている――自分たちにどんな不滅性が与えられるかが決定される最後の審判を待っている。ときには、アーティストのなかには、動物たちの死すべき運命を羨んでいるように見える者もいる。動物たちは、死すべき運命を与えられることで、いまここでの生活をひとつの隠喩《メタファー》にしてしまう閉鎖的システムから自由になっているからである。医学も、この当時には、やはり隠喩的なものでしかなかった。解剖が行なわれ、古いガレノス派医学の教えの誤りがだれの目にもあきらかになっても、その証拠は偶然あるいは例外として無視された。それほどこのシステムの隠喩は強靱で、どんな科学的な医学も不可能であり、的外れだとされた。医学は神学の一部門だったのである。そういうシステムのなかから登場して、独自の観察の名においてそれに異議を申し立てたパラケルススが——自分を信じるためにも、自己防衛のためにも——ときには迷信的たわごとに頼ったとしても、すこしも驚くことではないだろう。

もちろん、わたしはササルが歴史上パラケルススと比較できる人物だと主張するつもりはない。ただ、彼は同じ職業的伝統を受け継いでいるのではないかと思うのである。職人である医師がいる。政治家である医師もいるし、研究者、慈善家、ビジネスマン、催眠術師等々である医師もいる。けれども、ある種の船長みたいに、可能なすべてを試そうとする、好奇心にあふれた医師もいる。いや、〝好奇心〟という言葉では十分ではないだろう。しかし、〝探究心〟ではあまりにも定式的にすぎる。彼らは知りたいという欲求に駆られており、患者は彼らの材料なのだ。材料ではあるが、まさにそれゆえに、ほかのどんな種類の医師にとってよりも、患者のすべてが神聖なのである。

患者が病状や不安を説明しているとき、ササルはうなずいたり「なるほど」とつぶやいたりする代わりに、何度も繰り返して「わかる」「わかる」という。心からの同情をこめてそういうのである。だがしかし、そう言いながら、彼はもっとわかろうとしている。ある条件の下でこういう患者になることがどういうことかはすでにわかっているが、まだその条件に関するすべてが解明できているわけではなく、自分が力を及ぼせる範囲がどこまでかもわかっていないからである。

実際、こういう未解決の問題については、どんな答えもけっして彼を満足させることがない。彼のなかには――手術をするたびに、往診するたびに、電話が鳴るたびに――常にもっと知ろうとする部分がある。悪魔の助けを借りていないときのファウストみたいに、彼はしばしば期待を裏切られたと感じる男なのである。

自分のことを話すとき、彼が誇張した話し方をするのはそのせいである。そういう話のなかでは、彼はほとんどいつもとんでもない場面にいる。甲板での映画の撮影中に大波にどっと襲いかかられたり、知らない町で道に迷ったり、エアドリルが手から飛び出してしまったり。彼はいかに意気消沈したかを強調し、意識的に自分を滑稽な凡人にする。そうやって変装し、失望に対してあらかじめ武装したうえで、もう一度あらためて現実に立ち向かい、それに精通しさらに理解を深めるという、すこしも滑稽なところのない目的を追求するのである。これは彼の両目の違いに見てとれる。彼の右目はどんなことが起こるかを知っている——それは笑い、共感し、きびしい態度をとり、自分を笑い、狙いをつける。それに対して、彼の左目は遠くにある証拠に思いを馳せ、ほとんど一瞬たりとも探求しつづけることをやめようとしない。

一瞬たりともやめようとしないとは言ったが、ひとつだけ例外がある。比較的軽症の外科的処置に携わっているときだ。自分の診療所で骨折の治療をしたり、地元の病院で患者のひとりに手当をしたりしているとき。そういうときには、両方の目がそのときやっている作業に集中し、彼の顔には安堵感が浮かんでいる。コートを脱いで、袖をまくり、手を洗って、手袋やマスクを着けるやいなや、この安堵感があきらかになる。目の前の限定された作業に集中するために、頭のなかがきれいにぬぐい去られた（それゆえに安堵した）かのようである。作業はうまくいくかもしれないし、うまくいかないかもしれないが、そのどちらかになることに議論の余地はなく、うまくいくようにするしかないのだから。

ササルの家からほんの数マイルのところに住むある農夫の顔にも、わたしは似たような表情を見たことがある。この農夫は飛行機の操縦に夢中で、六気筒でオープン・コックピットのチェコ製飛行機を所有している。農場はあまり大きくなく、とくに繁盛しているわけでもなく、彼が紳士階級に属しているわけでもない。ただ、ひとり暮らしのスピード狂だというだけである。彼は自家用機を牧草地のひとつのオークの木の下に停めていた。羊を牧草地の片隅に追いやって、わたしがプロペラをまわし、その農夫とジャン・モアが席に着いて、エンジンが温まると、彼は翼の先端――この飛行機にはブレーキがなかったので、わたしが押さえていた――を放すように合図する。その瞬間、離陸する直前に、突風が吹いていて、放牧地は非常に起伏が激しく、離陸はかなり油断ならないものになるにもかかわらず、無精ひげを生やした、肉づきのいい、中年の農夫の顔に、同じような安堵の表情が浮かぶのが見えたのである。問題はいまや空気力学と小型内燃機関の働きだけだった。農産物の価格や、ローンの支払いや、月曜日の市場や、親類や、評判などは、一瞬後には、すべてはるか足下の存在になるはずだった。

この農夫とササルの違いは、農夫はできれば一生楽しく飛びつづけ、滑空しつづけたいと思っている――少なくとも本人はそうするつもりでいる――だけなのに対して、ササルは満たされることのない確実性の探求や安らぎのない無限の責任感を必要としていることだろう。

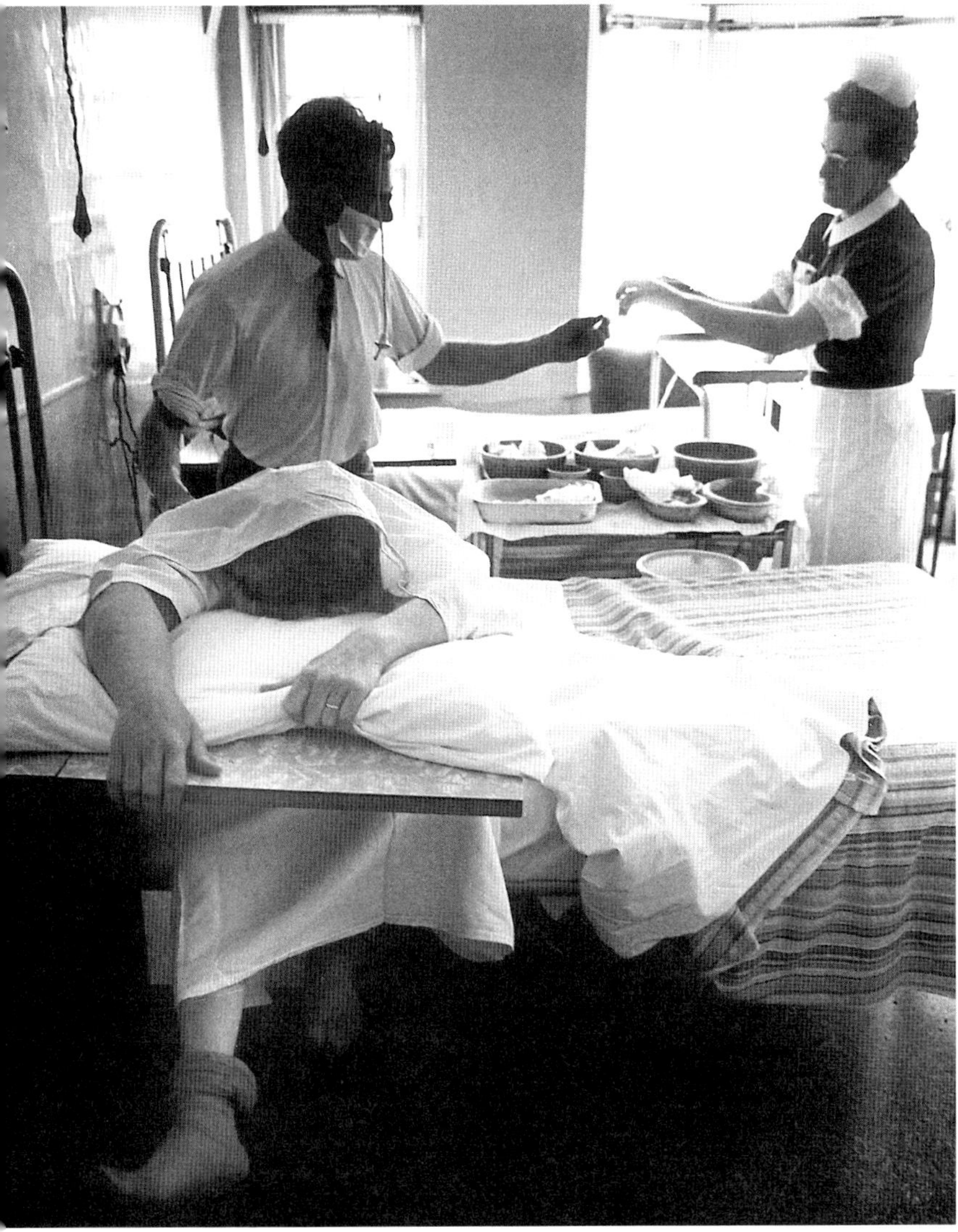

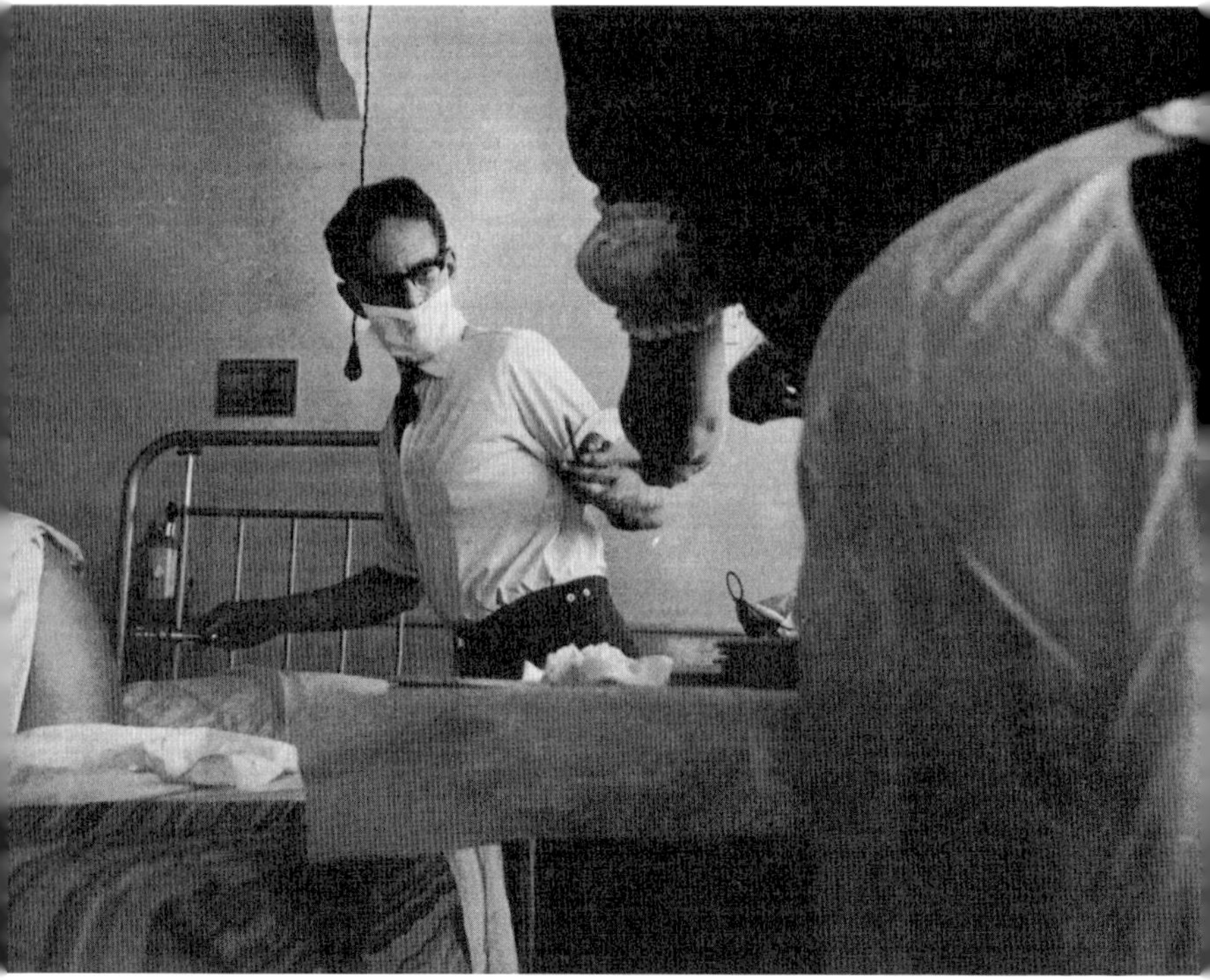

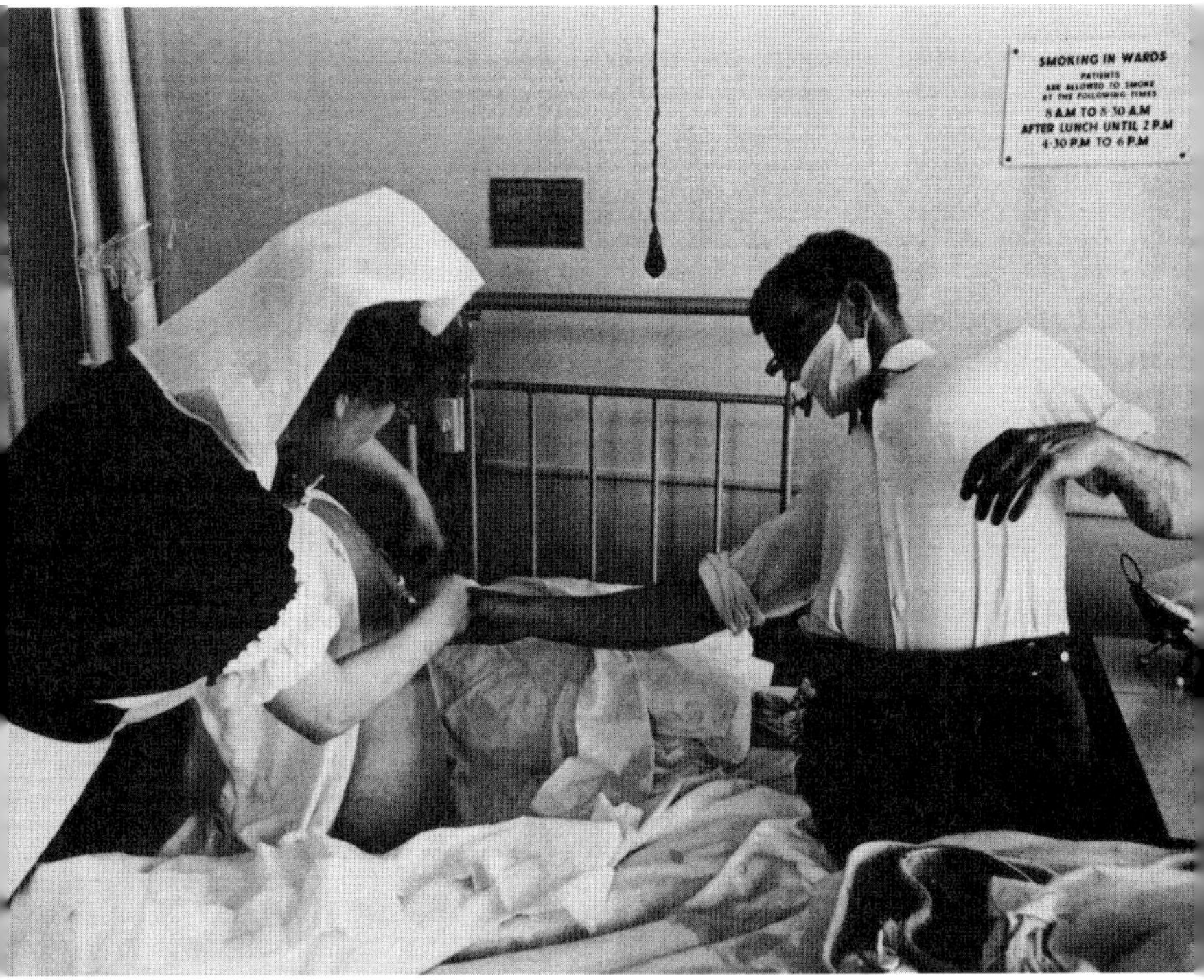
SMOKING IN WARDS
PATIENTS
ARE ALLOWED TO SMOKE
AT THE FOLLOWING TIMES
8 A.M TO 8.30 A.M
AFTER LUNCH UNTIL 2 P.M
4-30 P.M TO 6 P.M

わたしはこれまでササルと患者との関係をそれなりに説明しようとしてきた。なぜ彼がいい医者だと考えられているか、どうして〝いい医者〟になることが彼自身の必要性に応えることになるのかをあきらかにしようとした。そして、他人を治療することが自分自身を治療することになるメカニズムをある程度はあきらかにした。しかし、こうしたすべては個人的なレベルでのことであり、次に彼と地元のコミュニティ全体との関係について考えてみる必要があるだろう。患者たちは、自分が病気でないとき、公的には彼に何を期待しているのか？　それは、病気というプライバシーのなかでほとんど口に出されることのない、友愛への期待とどう結びついているのか？

ササルはこの村では大きめの家に住んでいる。彼は身なりがよく、往診にはランドローバーを、私的な用事にはもう一台の車を運転する。そして、彼のこどもたちは地元のグラマースクールに通っている。彼に紳士という役割が割り当てられているという点に疑問の余地はないだろう。

この地方は全体として経済的に貧しい。大農場は少なく、大規模な産業は皆無で、農業に携わっているのは住民の半数にも満たない。多くの人々は小さな作業場や石切場、木材加工工場、ジャム工場、レンガ工場で生計の資を稼いでいる。人々は労働者階級に属するわけでもなければ、伝統的

な村落共同体を形成しているわけでもない。彼らが属しているのは森であり、周辺の地域ではどこでも〝森の住人〟として知られている。彼らは疑り深く、人の世話にはなりたがらず、強情で、教育はなく、教会にもあまり行かない。かつては各地を巡回する鋳掛け屋がいたが、そういう旅まわりの職人の気質にどこか似ているところがある。

ササルは自分に割り当てられた紳士の役割をなんとか変えようとして、ある程度はそれに成功した。彼には自分個人の社交生活らしきものはほとんどなく――村での村人との付き合いがあるだけである。彼の階級的な背景がいちばんよくわかるのは、数少ない中産階級の隣人たちと話をしているときだろう。なぜなら、そういう隣人たちは、会話のなかでも態度としても、彼が自分たちと同じ偏見をもっていると決めこんでいるからである。〝森の住人〟といっしょにいるとき、彼は要請されて彼らの記録係になった外国人みたいに見える。

〝森の住人の記録係〟とはどういう意味なのか――

「あんたが違うのは、先生、そうしたければ、あんたには面と向かって〝くたばりやがれ〟って言えることとさ」とはいっても、そう言った本人がササルに向かって〝くたばりやがれ〟と言ったことはない。

「あんたみたいな怠け者は一度も見たことがないぞ」と、店を閉めてしまった中年の生地屋の女

にササルは言うが、彼女にそんなことを言えるのは彼以外にはいない。

「きょうは何と何があるのかな?」と彼は工場の食堂でメニューを訊ねる。

「上からはじめる?」と言いながら、カウンターの娘は自分の胸を指し、「それとも下から?」と、スカートを上げてみせる。そんなことをしても、この先生なら安全だと知っているからである。

ササルは、かなりの程度まで、自分自身および患者たちの目に映る自分のイメージを社会的儀礼の約束事から自由にした。型破りな医師になることでそうしたのである。しかし、型破りな医師はむかしからいる。ササルがそういう医師と違うのは、これまでの型破りな医師は患者を罵ったり、ショッキングな物言いをしたりしても、その逆はありえなかったという点である。だが、ササルに

はだれでもなんでも言える、と本人は思いたがっている。たしかにそのとおりではあるが、それは彼が特権的な立場にいる証拠にはなっても、それを否定する根拠にはならない。自分と対等な相手に対しては、人はなんでも言えるわけではない。人はすぐに、許容される範囲や言い方をごく正確に学ぶものなのである。ササルに対して理論上は自由に話せるということは、まさに理論上その自由が全面的であるがゆえに、彼に権威があること、彼が特別な〝例外〟であることを示唆している。実際には、どんな型破りなことを彼が公の場で言っても、あるいは言われても、それは彼の権威が社会の権威によって支えられているという考えを否定するためのジェスチャーでしかなく、それ以上のものではない。それは彼が——提供するまったく別の認知の代償として——患者に要求する一種の個人的な認知なのである。

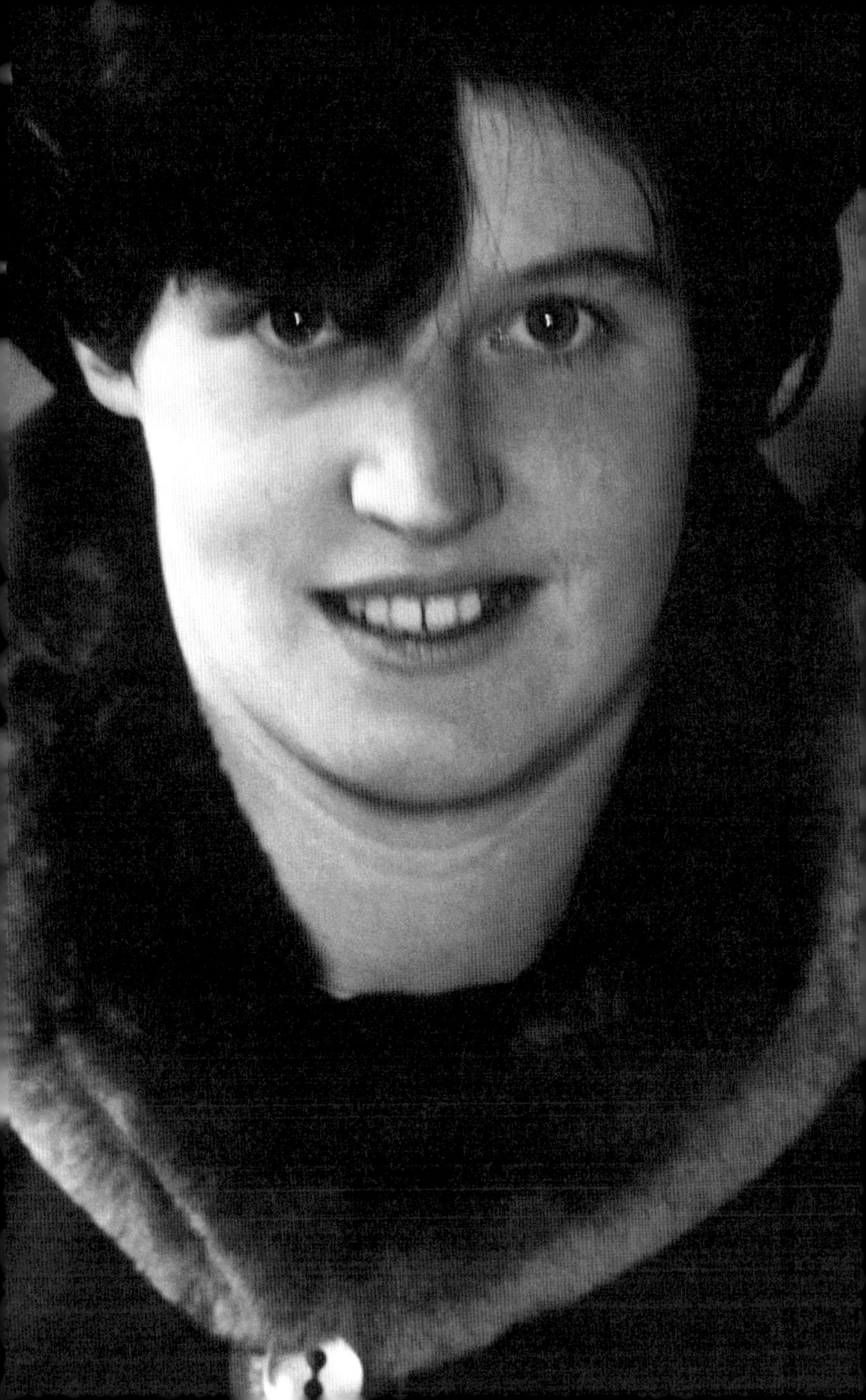

村には中世の城があり、その周囲には幅が広くて深い濠《ほり》がある。この濠は非公式のゴミ捨て場として使われていた。一面に木や灌木や雑草が生い茂り、石や古い木切れや泥や砂利でいっぱいだった。五年前、ササルはそこを村の公園にするというアイディアを思いついた。それには何万人・時間もの労力が必要なはずだった。彼はその作業を担う〝協会〟を設立して、会長に選ばれた。作業は夏の夜と週末、男たちの手が空いているときはいつでもやるということになった。農夫が農業機械やトラクターを貸し出し、道路建設会社がブルドーザーを持ってきて、だれかがクレーンを借りてきた。

ササル自身もこの計画のために懸命に働いた。夏の夜、診察室にいず往診にも出ていないときは、たいてい濠にいた。いまでは、この濠は芝生の敷かれた公園になり、噴水やバラや灌木や腰をおろせる席がある。

「濠での工事はほとんどすべて、テッド、ハリー、スタン、ジョンたちが作業計画を作成した」とササルは言う。「彼らのほうが作業がうまかった、個々の作業のやり方がうまかったという意味じゃなくて――実際うまかったんだが――彼らのほうがいいアイディアをもっていたということだ」

ササルは村の男たちのアイディアの細部に関する議論にずっと参加していた。何時間もの議論が何週間もつづいた。その結果、社会的な——医学的なものとは異なる——親密さが生まれた。これはいっしょに仕事をしていれば当然の結果だと思われるかもしれないが、じつはそれほど単純でも表面的なことでもない。仕事は会話する機会を提供してくれるが、会話は最後には仕事の範囲を超えてしまうのである。

イギリス人がはっきり物を言えないことはしばしばジョークのネタにされ、よく清教徒気質《ピューリタニズム》のせいだとか、内気な国民性のせいだなどと言われる。だが、そんなふうに言うことで、もっと重大な事実が隠蔽されている。イギリスの労働者や中産階級のかなりの部分がはっきりと物を言えないのは、深刻な文化的貧困の結果なのである。彼らは自分たちが知っていることを——考えることのできる——思想に翻訳する手段を奪われている*。言葉が経験を明瞭なものにするという手本がどこにもないのである。口伝えの格言という伝統は消え去ってすでに久しく、文字どおりの意味では文盲ではないにもかかわらず、書かれた文化的遺産があることに気づくチャンスがないのである。

とはいえ、これは単なる文献の問題ではない。一般に文化は個人が自分を認知する——少なくとも、自分のなかの社会的に許容される部分を認知する——ことを可能にする鏡の役割を果たす。文化的に恵まれない人々は、自分を認知する手段をほとんどもたないので、その経験の大部分——とりわけ情緒的および内省的経験——は名前を与えられないままになる。その結果、彼らはおもに行動を通して自己表現するしかなくなる。イギリス人に〝自分でやる《ドゥ・イット・ユアセルフ》〟趣味がこんなに多いのも、ひとつにはそのせいだろう。庭や作業台が、彼らにできることのなかで、満足な内省の手段にもっとも近いものになるのである。

いちばん気軽な――ときには可能なただひとつの――会話は行動について話すこと、あるいは、行動を言葉で説明することである。つまり、技術あるいは手順としての行動ということである。このとき論じられるのは話し手の経験ではなく、完全に外部的なメカニズムまたは出来事――自動車のエンジンとか、サッカーの試合とか、排水設備とか、何かの委員会の活動状況とか――の性質である。どんな個人的な問題にも直接ふれることのないそういう会話が、現在のイギリスで、どんな時間帯であれ、二十五歳以上の男たちが交わしている会話の大部分の内容を占めている（若者の場合には、自分たちの欲求が強いので、そこまで没個性的な会話にはなっていないけれど）。

とはいえ、そういう会話にも温かみはあり、そこから友情が生まれたり、それで友情が保たれるということはある。話題の複雑さそのものが人々を近づけるように見える。その話題の上にかがみ込んで、細部を厳密に論じているうちに、だんだん頭が近づいて、たがいにふれあうまでになるかのように。そうやって分かち持った経験が共有経験のシンボルになる。そこにいない友人や死んで

＊わたしの小説 *Corker's Freedom* (New York: Vintage International, 1995)〔邦訳なし〕はこういう状況を描き出そうとしている。

しまった友人の話をするとき、その友人がフロントドライブの車のほうが安全だという持論をけっして譲らなかったことを彼らは思い出す。すると、彼らの記憶のなかで、いまや、それに親密さという価値が付与されるのである。

ササルが開業している場所は、イギリスの基準から見ても、極端に文化的に貧しい地域である。村の多くの男たちといっしょに作業をして、彼らの技術のいくぶんかを理解できるようになって初めて、ササルは彼らの会話に加わる資格を与えられた。そのとき、彼らは自分たちの共通経験の言葉にならない残りの部分の隠喩《メタファー》である言語を彼と共有するようになったのである。

このメタファーは彼らが対等な存在として話をするようになったことを意味する、とササルは信じたがっている。その言語の範囲内では、村人たちのほうがたいてい彼よりもはるかによく知っているだけに、彼にはよけいにそうではないかと思えるのである。けれども、村人たちは対等な人間として話しているわけではない。

村人や森の住人たちはササルを、文字どおり、自分たちといっしょに住んでいる人間と見なしている。彼と面と向かったとき、それがどんな状況でも、彼らは恥じたり、込みいった説明をしたりする必要はない。彼らの共同体が全体としては理解しないあるいはできないことでさえ、ササルは理解してくれる(妊娠した未婚の娘たちの大半は、何もごまかそうとせずにまっすぐ彼のところにやってくる)。彼を怖れている者がいるとすれば、それは伝統的な医師への恐怖がまだすこし残っている数少ない年配の患者たちくらいだろう（この伝統的な恐怖は、病気の結果に対するもっともな恐怖は別にするとして、むかしから一段上の存在として扱われ、そう振る舞ってきた医師たちに友愛を求めること――自分たちの心の底にある、無礼かもしれないが、根強い欲求――がもたらす結果についての理不尽な恐怖でもある）。

患者たちの多くはササルを自分たちの共同体に〝属している〟と考えている。彼は外部のどんな権益も代表していない――こういう地域では、外部の権益といえば搾取につながるのに決まっているのである。彼は信頼されているが、それは彼が対等な相手と見なされているあるいは扱われているのと同じことではない。

彼が特権的存在であることはだれの目にもあきらかである。それは当然のこととして受けいれられており、だれもそれを恨んだり疑問視したりはしない。それは彼がいまのような医師であることの一部なのである。彼が特権的なのは収入や車や家とは関係がない。それらは単に彼が自分の仕事をするために必要なものにすぎないからだ。たとえそういうものを通して、彼が平均よりすこし余分な快適さを享受しているとしても、それだけでは特権と言うにはあたらない。なぜなら、そういう快適さへの権利を彼は自分で稼いでいるのだから。

彼が特権的なのは、その考え方や話し方においてなのである。彼の特権を厳密に論理的に評価するとすれば、それには彼が受けた教育や医学的訓練を含めなければならないだろう。しかし、それはかなりむかしのことであり、それに対して、彼の考え方――単に医学的な考え方だけではなく全般的な考え方――は、彼がそこにいるかぎりいつでも目の前にある証拠である。だからこそ村人たちは彼に話をしに来るのだし、彼に地元のニュースを報告したり、彼の言うことに耳を傾けたり、彼の一風変わった意見が正しいかどうか知りたがったり、なかには「彼はすばらしい医者だが、ちょっと変わっている」と言う者がいたり、中産階級の隣人のなかには彼を変人呼ばわりする者がいたりするのである。

村人たちが彼を特権的な存在と見なすのは、彼の考え方に感心しているからではない。彼が物を考えるときのやり方が自分たちとは違うことを即座に悟るからだ。彼らは常識に従うが、彼はそうはしないからである。

一般に、常識は実際的だと考えられている。だが、それが実際的なのは短期的に見た場合に限られる。自分に日々の糧を与えてくれる手に噛みつくのはばかげたことだ、と常識は言う。しかし、それがばかげたことに見えるのは、もっとずっといい条件で日々の糧が得られるかもしれないことに気づくまでに過ぎない。長期的に見れば、常識は受動的である。なぜなら、それは可能性についての時代遅れの見方を受けいれることで成り立っているからだ。常識が蓄積されるスピードはじつに遅々としている。ひとつひとつの常識が疑問の余地のない、伝統的なものになるまでには、何度も何度も実証される必要があるからである。そして一度伝統的なものになると、それは神託のように権威あるものになる。それゆえ、〝実際的な〟常識には常に迷信的な要素が付きまとう。

常識は、基礎的な学習の機会に恵まれず、無学のままに放置された人々が自分で身につける考え方《イデオロギー》の一部になる。この考え方はいくつかの異なる源から出た要素で構成されている。宗教的なものから出てまだ生き残っているもの、経験的な知識から来たもの、自己防衛のための懐疑主義から発するもの、与えられた表面的な知識から慰めのために選び取られたものなどである。重要なのは常識はみずから学ぶことがなく、それ自体の制限範囲を超えて先には進めないことである。というのも、基本的学習の欠如が補われるやいなや、そういうすべては疑問視されるようになり、常識の果たしていたすべての役割が崩壊してしまうからだ。常識は、探求の精神や哲学的な思考と区別できるかぎりにおいてしか、カテゴリーとして存在し得ないのである。

常識は本質的に静的である。それは社会的には受動的で、自分たちが置かれている状況を現在のようなものにしたのは何かあるいはだれかをけっして理解することのない人々の考え方に属する。だが、それは彼らの性格の一部――しばしば小さな一部――に過ぎない。その同じ人たちが自分たちの常識に対する公然たる侮辱になるようなことをしばしば言ったり、行なったりするのだから。「それは常識にすぎない」と言って何かを正当化しようとするとき、多くの場合、それは自分の心の底の感情や本能を否定ないし裏切ることへの自己弁護なのである。

ササルは自分の心の奥底の感情や直感を手がかりとして受けいれる。彼自身の自我はしばしばもっとも有望な出発点なのである。彼が目指すのはほかの人々のなかに隠されているかもしれないものを発見することである。

「わたしは検閲しないあるがままの考えや感情を表現するのがむずかしいとは思わない。しかし、そうするとき、いつもそれは一種の甘えなのではないかと思わずにいられない。なんだか偉そうに聞こえるかもしれないが、そうなんだ。少なくとも、そう考えると、患者たちが単に話を聞いてもらえるだけでなぜあんなに感謝するのかがよくわかる。彼らも自分たちが甘えだと——誤って——考えていることを謝罪しているんだ」

自分の人生に限りがあることをもうひとつの出発点として、ほとんど想像することもできない未来に、希望あるいは可能性につながる何かを彼は見つけようとする。

「このテーブルやグラスや植物の分子を配列しなおせば、あなたやわたしができる。だから、悪いものは分子の配列が悪かっただけで、そのうちいつか配列されなおされるかもしれない。この事実がわたしに勇気を与えてくれる」

彼の推論がどんなに奇抜であるとしても、彼は今日までの現実的な知識の標準に一度は戻って、その標準に照らしてそれを評価しようとする。それから、その評価を出発点にして、また推論をはじめるのである。

「なにについても確かに知ることはできない。これは陳腐な言い草で、謙虚なふりをしているだけに聞こえるかもしれないが、じつは偽りのない事実なんだ。たいていはわたしたちの考えは正しいし、実際わかっているように見える。けれども、ときおり、そうはいかなくなることがある。すると、わかっていると思っていたときや、それが実証されたと信じていたとき、自分がどんなに幸運だったのかを悟るんだ」

　彼は推論し、テストし、比較することをけっしてやめようとはしない。問題が未解決であればあるほど、彼はよけいに興味をもつ。

　そういう考え方をしていれば、理論的にならざるを得ないし、一般化することに関心をもたずにはいられない。だが、理論や一般化というものは、その性質上、いつも重大かつ一般的な決定がなされている都市や遠くの首都に属するものである。さらに、一般的な決定や理論に到達するためには、人は旅をして経験を積み重ねなければならないが、森の住人にはだれひとり旅をする者はいない。したがって、森の住人のなかには、理論化する能力や手段をもつ者はいない。彼らは〝実際的な〟人間なのである。

　イギリスは小さな国であるにもかかわらず、地理的な孤立をこんなに強調するのは驚きかもしれない。けれども、遠く離れているという主観的な気分は距離とはあまり関係がない。それは経済力に対する反応なのである。独占資本は――ますます中央集権化する傾向を強めることで――ボルトン、ロックデール、ウィガンなど、かつては大きな中核都市だった町でさえ遠くの僻地にしてしまった。平均的な政治意識が非常に低い農村地域では、実際的な問題以外のあらゆる意思決定、あらゆる理論が、地元住民の大半には、遠くの政策決定者の特権であり専権事項のように思える。知識人は——人々が彼を疑わしげな目で見るのはそのせいだが——彼らを支配する国家という装置の一部のように見える。ササルが信頼されているのは彼が人々といっしょに住んでいるからだが、彼のような考え方はどこかほかの場所でしか身につけられない。どんな理論家も少なくとも一度は権力の座に色目を使ったことがあるはずで、それこそ森の住人たちがけっして経験したことのないことなのである。

ササルの物の考え方が特権的だと人々が感じる理由がもうひとつあるが、それはあまり合理的な理由だとは言えない。むかしなら、それは魔術的だと見なされたかもしれない。彼は怖くないのに怖がることがあることを告白する。あらゆる衝動は自然である——もしくは理解できる——と彼は考えている。そして、こどもであることがどんなことかを彼は覚えている。彼はどんな肩書きもそれだけでは尊敬せず、他人の夢や悪夢のなかに入っていくことができる。かっとしていきり立つこともあるが、そのあと、弁解することはせず、なぜそうなったのかというほんとうの理由を説明する。そういうことができる能力は、常識的には無視ないし否定される経験の側面に彼を結びつける。つまり、彼の〝自由気ままさ〟は彼の話を聞くひとりひとりのなかの囚人に挑戦しているのである。

この地方には、彼と似たような物の考え方をする人間は、ほかにはたぶんひとりいるだけだろう。しかし、その男は物書きで、世捨て人みたいに暮らしているので、周囲には彼の考え方を知っている者はひとりもいない。聖職者や学校の教師やエンジニアもいるが、みんな常識的な考え方をする。神とか、普通級《オー・レベル》とか、金属の応力などに言及する必要があるので、使う語彙が違うだけである。ササルの特権はこの地方ではほかにには例がないように見える。

ササルの特権に対する村人や森の住人たちの態度は複雑である。彼は頭がいい、と人々は言う。そんなに頭がいいのになぜ——と言いかけて、彼が自分たちの仲間であることを思い出し、こんな辺鄙な田舎で開業するという彼の選択もいわば一種の特権であることを、社会的成功を無視するという特権であることを悟るのである。しかし、いまでは、彼の特権はある程度は彼らの特権にもなっている。人々は彼を誇りにしていると同時に彼を守ってやりたいと思っている。彼の選択が、頭がいいことが弱みになることもあるという事実を示唆しているかのように。人々はしばしば彼を心配そうな目で見る。けれども、わたしが見たところ、彼らはそれほど医者としてササルを誇りに感じているわけではなく——彼がいい医者だと思ってはいるが、それがどんなに稀なことかそれともありふれているのかを彼らは知らない——、むしろ、彼の考え方を、なぜか自分たちのもとに留まることを許したその心のあり方を誇りに思っているのである。それに直接影響されているわけではないが、ササルの物の考え方に地元でひとつの役割を与えることによって、彼らはそれを自分たちのものにしている。

ササルは人々が病気になったとき治療するだけではない。彼らの人生の客観的な証人なのである。彼らがササルを証人として引き合いに出すことはめったにない。なんらかの現実的な事情で顔を合わせることになったときにしか、彼のことを考えたりはしないからである。彼は最終的な審判をくだす人間ではすこしもなく、だからこそわたしはむしろ控えめな〝係〟という言葉を選んで、記録係だと言ったのである。

彼に記録係になる資格を与えているのは彼の特権以外のなにものでもない。記録を可能なかぎり完全なものにするためにはーーときには、すべてを記録しておきたいという不可能な理想を夢見ない人がいるだろうか?――、それが世界全体と結びつけられている必要があり、隠されているもの、当人の内側に隠されているものまで含むのでなければならない。

人々のなかには、いままでは、彼が教区司祭代わりの役割を果たしているのではないかと考える者もいるが、そうではない。彼は全知全能の存在の代理人ではなく、彼の記録はどんな高位の審判者にも差し出されることはない。彼はただ人々がときどき自分で見つめなおせるように記録を保管しているのである。診察を受けているのでなければ、ササルとの会話を切りだすのにいちばんよく聞かれるのは「……ときのことを覚えているかね?」という言葉である。彼は人々の代理人になり、彼らの客観的な(主観的ではない)記憶になっている。というのも、ササルは彼らの失われた――外部世界を理解しそれと関係づける――可能性を代弁しているからであり、ある程度は彼らが知っているのに考えられないことをも代弁する存在だからである。

ササルが頼まれて彼らの記録係になったとわたしが言ったのはそういう意味である。これはいわば名誉職であり、めったにその任務を果たすように請われることはないし、どこにも明記されているわけではないが、まさに言葉どおりの意味をもっている。

こういう暗喩的な物の言い方にはどうしてもぎごちなさが残る。それはわたしにもよくわかっている。しかし、それが問題だろうか？　たとえば、こういうものより地方での医療の社会学的な調査のほうがもっと有用かもしれないし、各種の治療のあとの患者の満足度の統計的分析のほうが意義深いかもしれない。そういう試みが有用であることをわたしは一瞬たりとも疑わない——事実、このエッセイを書いているあいだにも、そういう調査結果をしばしば参考にさせてもらっている。しかし、わたしがここであきらかにしようとしているのは、アンケート結果の分析からはけっして浮かび上がってこない関係なのである。

わたしがササルとその患者について言っていることには、想像力による作業には付きものの危険性がある。それはわたし自身の主観によって歪められているかもしれないし、わたしは自分の言っていることを証明できるわけでもない。ただ、長年にわたって観察してきた結果、ぎごちないところがあるにもかかわらず、わたしが言っていることはこの小さな地方の社会的現実の重要な部分を、さらにササルの人生の心理学的現実の主要部分をあきらかにしていると思うと言えるだけである。

これを受けいれようとするときの最大の障害は、人々が表現できないことは——彼らは単純な人間なのだから――単純なことに決まっているという誤った先入観である。わたしたちはこういう考えをなかなか捨てたがらない。なぜなら、それは自分たちははっきり物が言える主体的個人だというインチキな感覚を裏打ちしてくれるからであり、また、そうすれば、とても単純な人の単純な希望や失望の背後に横たわる、伝統的な世界観、感情、半分しか意識されていない考え、隔生遺伝的な直感力、想像力ゆたかな予感などが収斂する、じつに複雑な心理状態については考えずにいられるからである。

ササルは自分の理想をかなりの程度実現している。海ではなく陸地で、病気を相手にしている人間として、二十世紀半ばに生きている人間として可能なかぎり、彼は中型帆船《スクーナー》の船長に匹敵する地位を築き上げた。

彼はある程度の自立性と独自の責務をもっている（大半の一般医とはちがって、彼は自分が入院させた患者の九〇パーセントの治療に携わることができる。なぜなら、複雑な大手術を除くすべてのケースが、彼が専属医のひとりである近くの町の病院に送られるからである）。彼は発生するあらゆる救急患者――砕石場や収穫時の畑での重大事故から、私生児の赤ん坊を殺してしまいたいと思っている若い娘の絶望や、信仰を失って退職した司祭の徐々に悪化して破局を迎えた病気まで――のすべてを取り扱う。彼はほぼ完璧に信頼されているのである。

個々の患者に対する彼の態度が、あからさまな権威に基づく態度からはほど遠く、むしろ口に出されない友愛への欲求に応えようとする態度であるのは事実だが、この友愛は相互的なものではない。実際には、それはササルの側の想像力による投影であり、同時に、芸術作品のように人工的なものでもある。だれもササルを友愛の対象だとは見なしておらず、その結果、彼は指揮官みたいなものになっている。

彼が〝記録係〟であるということは、ほかのだれよりも、彼がこの地方の来し方行く末をよく知っていることを意味する。と同時に、彼が共同体のために理解し、実現する能力をもっていることを示している。ある程度は、彼はこの共同体が感じていること、雑多なかたちで知っていることを代弁して考え、発言している。ある程度は、人々の意識を（きわめてゆっくりとではあるが）高めていく力になっている。

最後に、この地方は、発展が遅れており経済も停滞しているので、外部からの直接的な影響力には最小限しかさらされていない。この地方が置かれている条件はすべからく、ほかの場所で起こったり決められたりすることで左右される。しかし、ササルの主導権《ヘゲモニー》を揺るがすような人間や考え――マスメディアの紋切り型の考えを除けば――が入ってくることはめったにないのである。

現在のような地位を獲得するために、ササルはどんな代償を払ったのだろう？

わたしは一般医の抱える日々の苛立ちや厄介事のすべてをいちいちあげつらうつもりはない。それは医師たちの代表に任せておけばいいことなのだから。彼らの不満のなかにはたしかにそのとおりであることもある。だが、全般的に見れば、彼らの不平不満は医師という職業の十九世紀からの社会的地位や部門分けが時代遅れになってきているという事実を感じながら完全には理解していないことに起因する不安や憤懣の結果である。

ササルはそういうことに本気で心を悩ませてはいない。彼は自分で特別な地位を築き上げているからだ。しかし、この特別な地位の結果、彼は多くの医師よりはるかに直接的に、患者たちの苦痛や彼らを助けるための自分の度重なる力不足と向き合わなければならない。

一般に、医師は苦痛についいては職業的な見方をするものだが、この職業的な絶縁のプロセスがはじまるのは、医学生としての二年目に初めて人体解剖をするときからだとされる。それは事実だろう。しかし問題は血や内臓を見たときの生理的な嫌悪感の克服よりはるかに奥深く、のちには、ほかのいくつかの要素も医師の自己防衛の助けになる。医師は第二の、専門的な、まったく感情の入っていない言語を使う。また、しばしば迅速に行動して、排他的な集中力を要求される複雑な手仕事を行なう必要がある。さらに、ますます進む専門化が病気に対する科学的な見方をいやが上にも助長する（十八世紀やそれ以前には、医師はしばしば冷笑家《シニック》だと見なされていた。冷笑家というのはその資格もないのに科学的な〝客観性〟を装う人間のことである）。さらに、医師が扱う病人の多さそのものが、彼がひとりひとりの患者と自己同一化することを妨げる。

それはたしかに事実なのだが、しかし、自分が目のあたりにする苦しみが一般に認められている以上に重荷になる医師もいる。ササルの場合がまさにそうなのである。彼はきわめて自制心の強い男だが、それにもかかわらず、わたしがいることに気づいていないとき、彼が泣くのを見たことがある。若い患者が死にかけている家を出て、牧草地を横切って歩いているときだった。自分がやったことやできなかったことについて、自分を責めていたのかもしれない。彼は自分の苦悩を重苦しい責任感に変形してしまうのだろう。それが彼の性格だからである。

しかし、この感じやすさは性格のせいばかりではなく、彼が置かれている位置や診療のやり方の結果でもある。彼はけっして病気を患者の全人格から切り離そうとしない――この意味では、彼は専門医とは対極にある。ササルは患者と一定の距離を保つべきだとは考えておらず、むしろ患者を十全に認知できるところまで近づく必要があると思っている。彼の患者は約二千人にのぼるが、患者たちが――血縁関係だけではなく――たがいにどんな関係にあるかを知っているので、彼にとっては数字が統計的な客観性をもつことはほとんどない。とりわけ重要なのは、彼は少なくともある種の不幸を治療しようと試みるのが自分の務めだと思っていることである。彼は患者を精神病院に送ることはめったにないが、それはある意味では遺棄することに等しいと考えているからだ。

毎週五回も六回も、ほかの人々の激しい苦痛に向かいあい、それを理解しようとつとめ、それを乗り越えたいと願うことは、どんな結果をもたらすか？　わたしがここで言っているのは肉体的な苦痛のことではない。それはたいていは数分で軽減できるからである。わたしが言っているのは死んでいく苦しみや、喪失の苦悩、不安や、孤独や、どうしようもないほど自分が自分でない感覚や、徒労感から来る苦しみのことである。

医師が患者と向かい合うとき、わたしが重要だと考えていることがひとつあるが、これについてはこれまであまり問題にしてこなかった。そこで、ここではほかの問題は差しおいて、それを集中的に論じることを容赦していただく必要がある。

苦痛にはそれに特有の時間感覚《タイムスケール》がある。苦しむ人と苦しんでいない人を隔てているのは時間という壁であり、この壁が苦しみのない人たちの想像力を怖じ気づかせるのである。

男や女が泣きじゃくっているのを見ると、人はこどもを思い浮かべずにはいられないが、そうしながらもひどく居たたまれない気持ちになる。それは、ひとつには、こどもはそうすることを許されるが、大人（とくに男）は大声で泣いたりするものではないという社会的な約束ごとがあるせいである。だが、それだけですべて説明がつくわけではない。泣きわめく人とこどものあいだには肉体的な類似点がある。大人らしい〝身ごなし〟が剝がれ落ちて、体の動きが非常に原始的なものに限定され、体の中心がかつてのように口になってしまったかに見える。あたかも口が苦痛のある場所で、同時に、そこを通してしか慰めは受けいれられないかのように。手はふたたび思いど

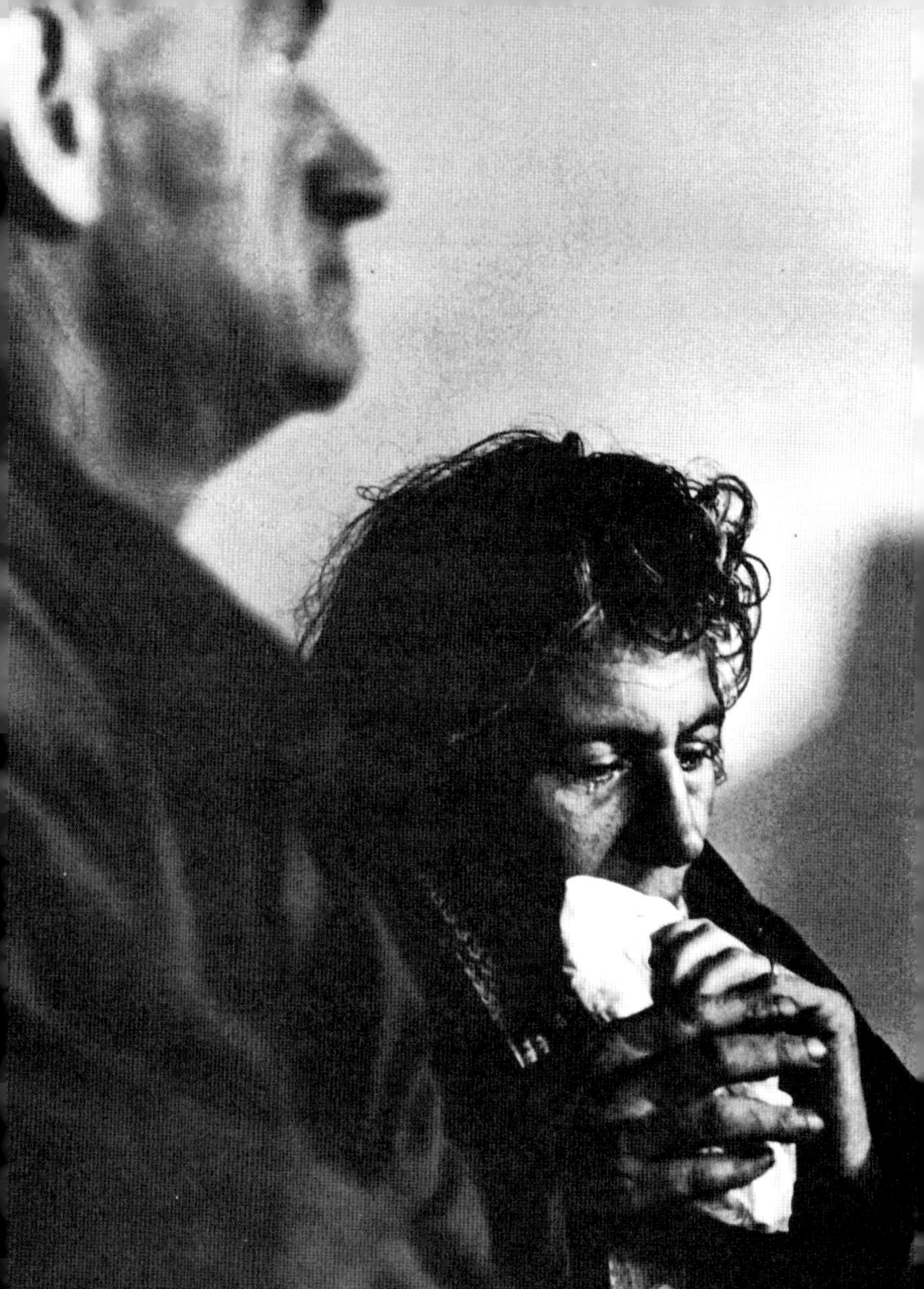

おりに動かせなくなり、ギュッと握りしめるか宙を掻きむしるだけになり、体全体が胎児のような姿勢をとる。こういうすべてにはちゃんとした生理的および心理的理由があるのだが、それを知らなくても、似ていることはわかる。それにしても、この類似性がなぜ人をそんなに居たたまれない気持ちにさせるのか？　それはやはり社会的しきたりや憐れみの感情だけでは説明できないだろう。ある意味では、この類似性は、それが成立するやいなや、容赦なく否定される。泣きわめく大人はこどもとは違う。こどもは抗議するために泣くが、大人はただひとりで泣く。こどもみたいに泣くことで、こどものときのような回復力を取り戻せる気がするのかもしれないが、そんなことはありえない。

　苦痛があるとしても、人はかならずしも泣くわけではない。苦痛は憎しみや、復讐心や、絶望した人が自分の破滅を待ち望む、あのなかば嘲笑的な、残酷さを期待するような気持ちによって、もっと苦々しいかたちではあるが、和らげられることもある。けれども、あらゆる苦痛は、その原因をどう表現するにせよ、それが合理的であれ神経的であれ、苦しむ人をこども時代に連れ戻し、そうすることで彼の絶望をさらに深める。少なくとも、わたしがこの目で観察し、さらに自分を省みたところでは、そうだと思う。

　歳をとるにしたがって時間がだんだん速く過ぎ去るように思えるというのは、よく言われることである。そう言うとき、人はたいてい懐かしそうな口ぶりをする。けれども、同じプロセスの正反対の効果——若者やこどもたちには時間が長く感じられること——について考えることはめったにない。若い人たち自身はそれについてあまり何も言えないだろう。なぜなら、時間の流れる速さが変わったことに気づいたときになって初めて判断の基準ができるのだが、そのときには直接的な証言をするにはもう遅すぎるからである。こどもにとって一晩や一日がどんなに長いかを知っていたら、わたしたちはこども時代をもっとずっとよく理解できるかもしれない。幼いこども時代の経験が人間形成に深い影響を与えるのは、その衝撃が強烈だから（こどもは比較的弱い存在なので、衝撃力は相対的に強い）だけではなく、こども自身が認めるように、その経験があまりにも長くつづくからではないだろうか？　主観的には、こども時代は少なくとも人生の残りの時間と同じくらい長いのかもしれない。老人は、日々やるべきことがごく少なくなると、こども時代を思い出すことが多くなり、しかもますます鮮明に思い出すようになるが、この現象も、主観的にはこども時代が人生の大半を占めている証拠なのかもしれない。

とはいえ、なぜ時間の流れる速度が変わるように思えるのだろう？　この点について、こどもと大人のあいだにどんな差があるのだろう？　サルトルはその処女小説[*]のなかでひとつの手がかりを提供している。この作品は全体として似たような並列関係にある問題を扱っている。すなわち、時

*ジャン＝ポール・サルトル（Jean-Paul Sartre）*La Nausée*（Paris: Gallimard, 1938）〔邦訳『嘔吐』、白井浩司訳、人文書院、一九五一年；『新訳　嘔吐』、鈴木道彦訳、人文書院、二〇一〇年。ただし、引用部分は拙訳〕。

間の性質を完全に意識している場合、どうすれば冒険の感覚をもつことができるのかということである。大人の習慣的な生活を彼はこんなふうに描いている。

生活しているときには、なにごとも起こらない。舞台装置が変わり、人が入ってきたり出ていったりするが、それだけである。始まりなどというものはない。なんの意味もなく、ただ日に日が加えられていく。際限のない、単調な足し算である。ときどき、人はその一部を合計して、旅に出てから三年になるとか、ブーヴィルに住み着いて三年になるとか言う。終わりというようなものもない。人が女や友人や町から一気に離れてしまうことはない。しかも、何もかもが似たようなものになってくる。上海も、モスクワも、アルジェも、二週間もすれば、みんな同じようなものになる。ときおり――まれにだが――現状を分析して、自分が女と同棲していることや、厄介な話に巻きこまれていることに気づく。しかし、それはほんの一瞬で、そのあとは、また行進がはじまり、人はまたぞろ時間の、日々の足し算をはじめる。月曜日、火曜日、水曜日。四月、五月、六月。一九二四年、一九二五年、一九二六年。

サルトルは〝生活すること〟をときおりの〝冒険の感覚〟と対比させている。この感覚はわくわくするような出来事とはなんの関係もない。それは存在しているという事実そのものやその限界に秩序感を――したがって意味を――与える、一種の高められた意識なのである。

この冒険の感覚はやはり出来事から来るわけではなかった。それがいまや証明されたのだ。それはむしろ瞬間のつながり方なのである。つまり、こういうことが起こっているのだと思う。突然、人は時間の流れを感じる。ひとつの瞬間が次の瞬間につながり、それがさらに次へとつながっていくことを、それぞれの瞬間は消えていき、それを引き留めようとしても無駄なことを悟るのだ。そして、この特性を瞬間のなかに立ち現れる出来事に振り当てる。形式に属するものを内容に振り当てるのである……。

わたしの記憶に誤りがないとすれば、人はこれを時間の不可逆性と呼ぶ。冒険の感覚は、詰まるところ、時間の不可逆性の感覚に過ぎないのだ。しかし、人はなぜ常時それを感じてはいないのか？

時間の不可逆性は幼いこどもたちが痛いほど感じていることである――この概念そのものは彼らには何の意味もないにちがいないけれど。彼らはそれを耐え忍んでいる。こども時代には避けがたい繰り返しなどというものはない。「月曜日、火曜日、水曜日。四月、五月、六月。一九二四年、一九二五年、一九二六年」はこどもたちの経験とは正反対のものを指している。何ひとつ必然的に繰り返されるものはない。ちなみに、こどもたちがある種のことが繰り返されることを請け合ってもらいたがる理由のひとつがこれなのだ。「あしたも朝、起きて、朝ご飯を食べるの？」六歳くらい以降になると、彼らは徐々にそういう疑問に自分で答えられるようになり、繰り返される出来事を予想し、それを当てにするようになる。だが、そうなったあとでさえ、こどもたちの測定単位はとても小さいので――そう言いたければ、彼らはひどく性急すぎるので――予期される出来事はあまりにも遠すぎ、彼らの現在の質を大きく左右するまでには至らない。彼らの目は依然として――あらゆるものが常に初めて出現し、常に永遠に消えていく――現在にそそがれているのである。

大人のあいだにもっとも広がっている思い違いのひとつが、二度目のチャンスがあるという考えである。こどもたちは、大人に説得されたり唆されたりしないかぎり、そんなものは存在しないことを知っている。彼らは経験にわが身を委ねざるをえないので、そんな考えを弄ぶことはできないのだ。大人たちの考えは経験に対する二重の緩衝装置《バッファー》になっている。だれにでも無限の第二のチャンスが与えられるだけではなく、ひとつひとつの出来事の独自性が完全に破棄される、とまでは言えないとしても、薄められる。そうやって、時の流れとともに、あるいはむしろ時間が流れなくなるにつれて、わたしたちは徐々に、世界が見馴れたものになってきた、いや、それどころか、過去の出来事の上に成立している世界はわたしたちに借りがあるのではないか、と考えるようになっていく。こどもたちはそんな防御をすこしも必要としていないのである。

彼らがそれをまったく必要としていないのは、自分たちのチャンスが想像できないほど先のほうまで広がっているように思えるからである。こどもには無限の時間がある。彼らは常に喪失感を味わっている。それが、サルトルが指摘するように、冒険の感覚の前提条件なのである。たとえどんなにささいなことでも、何かの遊びや出来事が終わるということは、別れるということは、どんな繰り返しによっても修復できない決定的な喪失を意味する。ときには、彼らは抗議せずにはいられない。そういうとき、その喪失が延期できるかもしれないと期待して、あるいは失われてしまったものを純粋に惜しんで、こどもたちは泣きわめく。わたしが純粋に惜しむと言ったのは、彼らの注意の中心は依然として失われたものに向けられているからで、多くの大人の場合のように、それがなくなった将来の自分の状態を想像しているわけではないからだ。こどもたちの喪失感は次の出来事あるいは関心の的までしかつづかない。幼いこどもたちは〝次のもの〟に対するほとんど飽くことのない欲求をもっている。失われて取り返すことのできないものの代わりに次のものが必要なのである。

幼いこどもが決定的な喪失の悲しみからあんなに素速く立ちなおれるのには、もうひとつの理由がある。こどもの世界では何ひとつ偶然に起きることはない。偶発事故はないのである。すべてがほかのすべてとつながっており、すべてがほかのすべてによって説明できる*（彼らの世界の構造は魔術のそれに似ている）。したがって、幼いこどもにとって、喪失はけっして無意味ではなく、ばか

*ジャン・ピアジェ（Jean Piaget）*Language and Thought of the Child*: 3rd edn (London: Routledge & Kegan Paul, 1959)〔邦訳なし〕参照。

げてもおらず、ましてや不必要なことではない。幼いこどもにとって、起きることはすべて必然的なのである。

苦痛にさらされるとわたしたちが幼年期に逆戻りするのは、わたしたちが初めて決定的な喪失感に耐えることを学ぶのがその時期だからである。それだけではない。わたしたちが人生の残りのすべての時期よりも多くの決定的喪失を経験するのがこの時期なのである。たとえ神経症的なパターンのせいで、いまは忘れているこども時代の恐ろしい出来事のときと同じ反応をしてしまうというわけではないとしても、わたしたちはこの時期にすがらざるをえない。というのも、それからいままでのあいだには、出来事の非情な不可逆性を——こどもたちが常に把握しているように——把握したことは稀にしかあるいは一度もなかったからである。

しかし、たとえふたたび似たような経験をするとしても、わたしたちはもはやこどもではない。そして、とりわけ、自分たちが置かれている条件の恣意性を——こどもにはできないようなかたちで——意識している。サルトルはこれを無償性と呼ぶ。

> わたしが言いたいのは、その定義上、存在は必然ではないということである。存在するとは、ただ単にそこにあることである。存在するものは出現し、出逢われるが、人はそれを何かから演繹することはできない。それを理解した人たちはいるのだと思う。ただ、彼らは必然的な存在、

みずからの原因であるような存在を発明することでこの無償性を克服しようとした。しかし、どんな必然的な存在者も存在を説明することはできない。無償性は見せかけではない。吹きはらってしまえる上っ面ではない。それは絶対であり、したがって完璧な無償性なのである。すべてが無償なのだ。この公園も、この街も、わたし自身も。ふとそれに気づいたりすると、このあいだの晩、〈鉄道員さんたちの店〉でのように、人は胸がむかつき、なにもかもがふわふわ漂いはじめる。それが吐き気なのである……

落ちこんだ、あるいは人に死なれた森の住人が、職業的な哲学者のように考えることはない。しかし、彼が森を、階下の部屋のガスコンロを、化粧台の下に積まれている新聞紙を、ここでサルトルが描いているのと同じ光の下で見ることはある。それはほとんど光の問題――あるいは、人が光をどう解釈するかという問題である。それはあらゆるものを客体化し、何ひとつ確かなものにしない光である。こどもはけっしてそんな光を見ることはない。それはこどもが森やキッチンを見るときの光とは、光と暗闇が異なるのと同じくらい、まったく異質なものである。

わたしの言おうとしていることがおわかりいただけるだろうか？　苦痛は取り返しのつかない喪失の感覚から生まれる（この喪失は現実のものでも想像上のものでもよい）。この喪失が人がそれまでの人生で経験してきたほかのすべての喪失に追加される。ほかの喪失というのは、今回のいちばん最近かつ最後の喪失に直面して、そうでなければ人が慰めを求めて向かったはずのものの不在を意味している。ほかの喪失の大部分はこども時代に経験したものである——それがこども時代の特質だからである。したがって、喪失の経験は人を自分のこども時代に戻らせようと、再配達させようとする。この経験が部分的あるいは全面的に神経症的なものである場合には、こども時代への回帰は実際にその経験の一部になる。その経験が神経症的なものでない場合には、どうすることもできないという無力感が人を過去へ引き戻す。この無力感が——神経症的な場合にもそうなのだが——時間の感覚を変質させる。それは起こってしまったことの現実のあるいは想像上の不可逆性を前にしたときの無力感である。こういう不可逆性を意識すると、時間の流れは遅くなる。一瞬ごとがまるで〝何年もつづくような気がする〟が、それはこどものときみたいに、すべてが永遠に変わってしまったと感じるからだ。幼いこどもたちの場合には、これがいわば一種の研ぎ澄まされた意識になり、実際、それが彼らの冒険の感覚の秘密になっている。だが、これはこどもたちは発生したすべての出来事とそれに含まれるすべての喪失を——少なくともあるレベルでは——説明でき、正当化できるからである。それとは対照的に、苦悩する大人は発生した出来事が不条理だという、あるいは、少なくともそれには十分な意味がないという確信を抱いている。つまり、多少は意味があるとしても、それで失われたものを埋め合わせられる可能性はないのである。その結果、苦悩する男または女は、こどもの防衛手段をもたないまま、こども時代の時間にはまり込み、大人独自の苦しみを味わうことになる。

往診するとき、ササルは苦しむ患者と顔を合わせる——死にかけている人の親兄弟、死にたがる病人、自分の体に閉じこめられ一種の閉所恐怖症的な恐怖に打ちひしがれる寝たきりの人たち、常軌を逸脱した嫉妬心を抱く人、孤独から自殺をはかる人、ヒステリー患者。ときには、彼らの心に手が届くこともあり、それは永遠に不可能であることがあきらかな場合もある。夜、夕食のあと、彼は心理療法が役立つ可能性のある患者と一時間にも及ぶ長時間の面談をする。患者は自分たちの悩みを彼といっしょに耐え忍ぶのだが、こういう悩みも苦悩の域に達することがある。

心理学者のG・M・カーステアズは、教鞭を執る教授という比較的客観的な立場から書いているのだが、こういう面談のストレスをすこしも軽く

は見ていない。

絶望している（同胞としての）人間と顔を突き合わせれば、少なくとも想像力のなかでは、相手の根本的な問題を共有せずにはいられない。人生に意味があるのか？　生きていることにすこしでも価値があるのか？

しかしながら、ササルにとっては、問題は時間の経験というかたちで突きつけられることが多い。根本的な問題は、瞬間にどんな価値があるのかということなのである。

それこそ時間がコンラッドの海になり、病気が天候になったようなものである。〝神の安らぎ〟を約束するのは時間であり、〝想像を絶する〟猛威で襲いかかり破壊するのも時間なのだ。またもやぎごちない暗喩を使わざるをえないが、そうすることでわたしがあきらかにしようとしているのは隠された、主観的な経験――医師がほとんど毎日のように遭遇している、処方箋では解決できない苦しみが、彼の想像力にどんな影響を与えているかということなのである。

ササルは助産婦が必要なすべてのケースに――ほとんどすべての出産に立ち会っており、ほとんどすべての死にも立ち会っている。一瞬がどれだけ異なるものに、どんなに取り返しのつかないものになりうるか、その瞬間に至るプロセスがどんなに注意深く準備されるか、彼はほとんど絶えず考えさせられている。ある程度は、彼はそのプロセスに介入することができる。それを早めたり遅らせたりして、〝時間を稼ぐこと〟はできる。だが、海を陸地に変えることはできない。

患者は、病気に名前が与えられると、その次にはたいてい訊ねる。それはいつまでつづくのか？……までにどのくらい時間がかかるのか？　どのくらいの時間が？　どのくらいの時間が？　約束はできないが……と医師は答える。船長がときには海を支配しているように見えるみたいに、医師が時間を支配しているように見えることがある。だが、医師も船長もそれが錯覚であることを知っている。

すべての医師はふつう以上に死を意識している――なかには、死ぬことの生理的な諸段階ばかりを考えることで、できるだけこの形而上的な事実を隠そうとする者もいるけれど。人間の想像力のなかでは、死と時間の経過は分かちがたく結びついている。過ぎていく一瞬ごとに、わたしたちは死に近づいていく。死は、仮にその大きさが測れるとすれば、わたしたちの死後もわたしたちなしでつづいていくにちがいない存在の見かけの永遠性という尺度で測られるのだろう。

ササルが時間をひどく気にする理由をそれですこしは説明できるかもしれない。永遠の相の下《スブ・スペーキエ・アエテルニターティス》で、瞬間にどういう価値があるのか？　だが、それよりも苦しみと対峙することのほうがもっと重要なのである。苦しむ人は、それまでに起こったすべてから生じた瞬間に絡めとられている。出来事の動かしがたい不可逆性を前にすると――覚悟ができていない人にとってはじつに恐ろしいことだが、完全に覚悟ができている人はいないだろう――、人は堂々巡りをする。時間の尻尾を捕まえられないので、自分を追いかけることになり、一瞬のうちに自分の全人生をやみくもに駆けめぐることになる。とすれば、一瞬にどれだけのものが含まれることになるのだろう？

そして、ひとつの瞬間をほかの人間の同じ瞬間の経験とどうすれば比較できるのか？　ササルが手を伸ばして患者にふれるとき、そこに患者がいること、共存していることは、しばしばほとんど信じがたいことに思える。

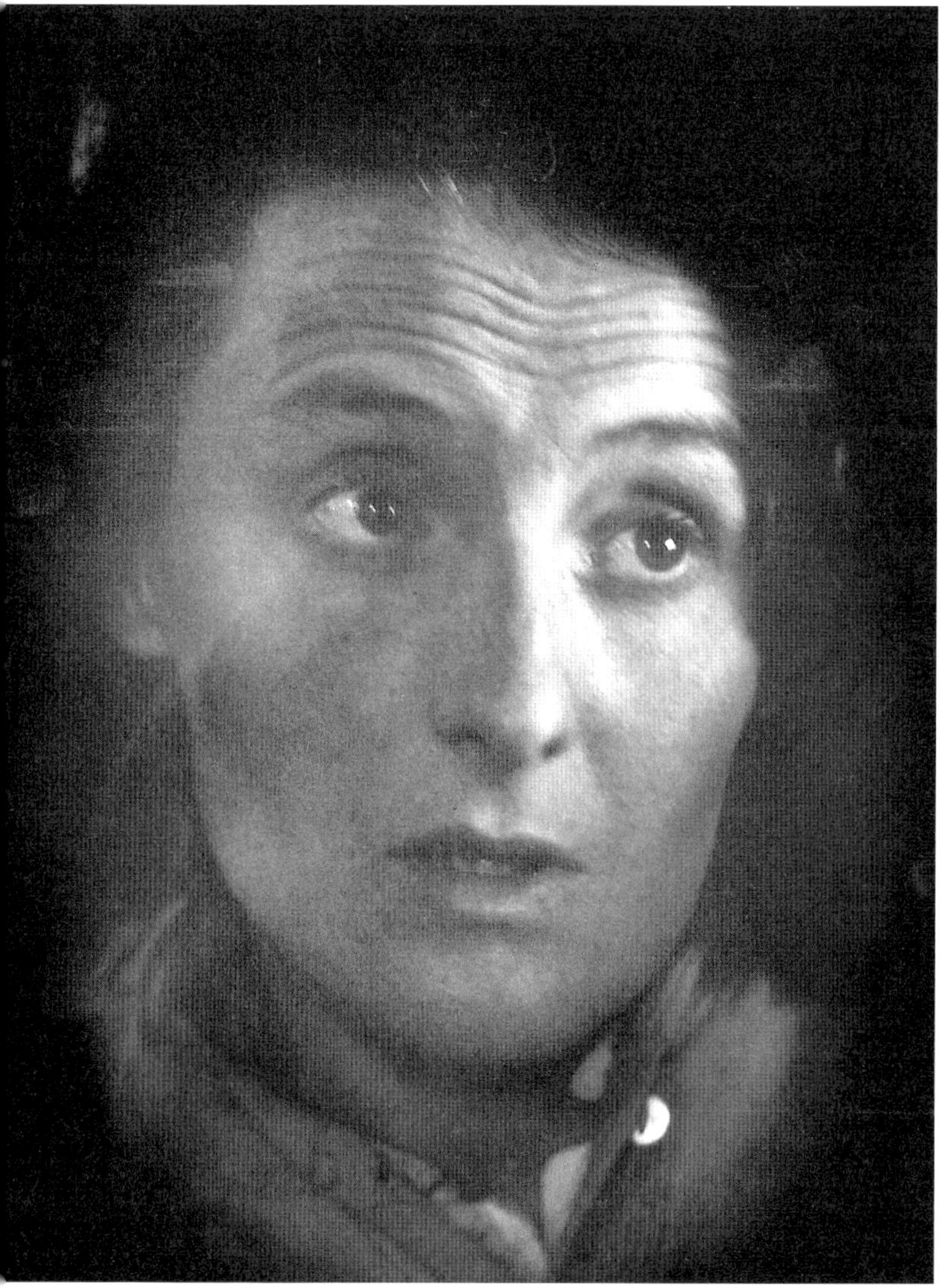

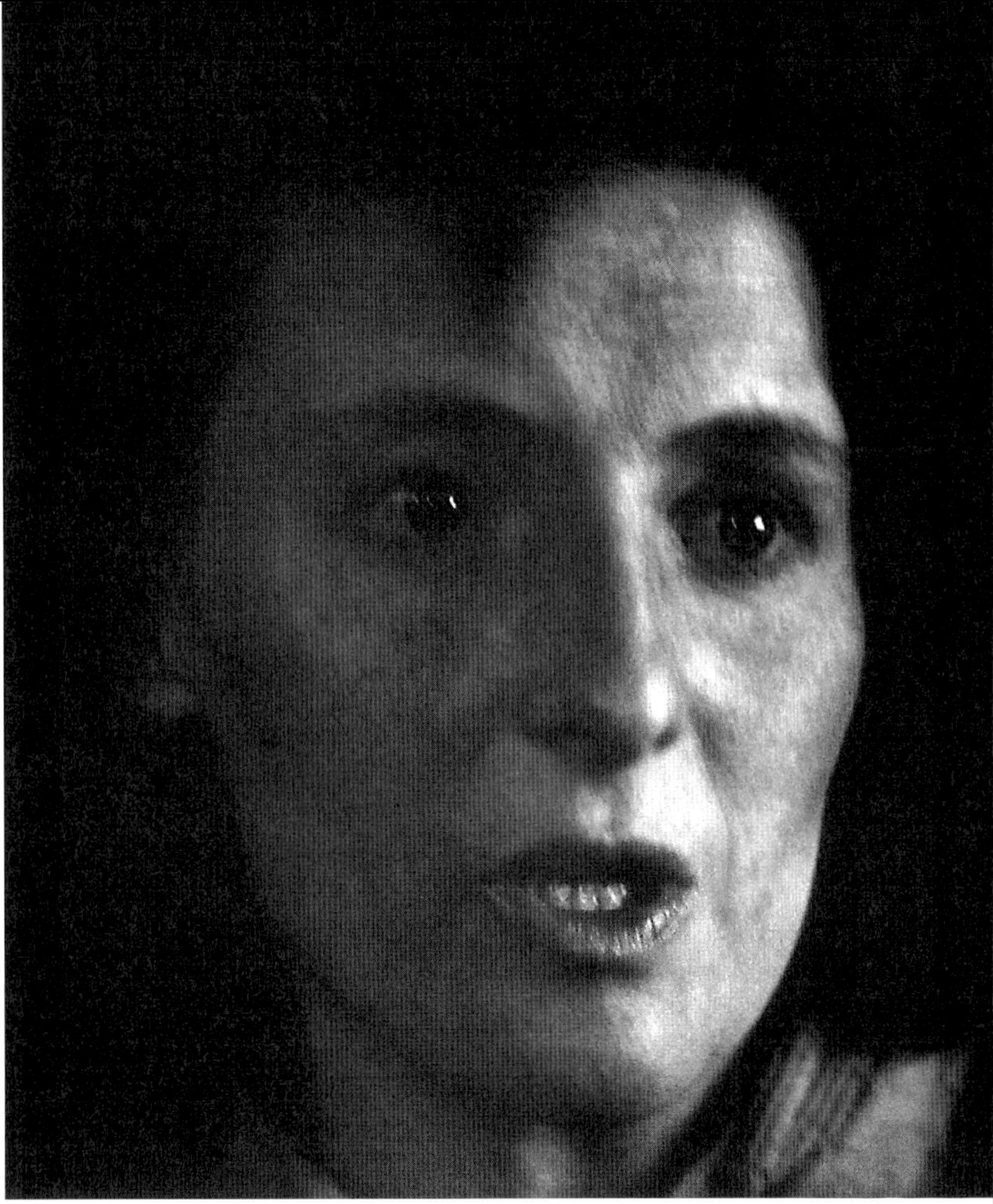

時間と空間の客観的な座標軸——これは存在するものを定義するために必要なのだが——は比較的安定している。しかし、時間の主観的な経験は——とりわけ苦痛によって——ひどく歪められやすいので、苦しむ人にとっても苦しむ人とある程度同化しようとする人にとっても、時間そのものとの相関関係を明確にすることはきわめてむずかしい。

ササルはこの相関関係をあきらかにするだけでなく、患者の主観的な時間の経験と自分自身の主観的経験の相関関係をはっきりさせようとする。患者のもとを辞して、ランドローバーをUターンさせ、立ち去ろうとするとき、自分にとってのその瞬間の相対的な空虚さが心の目にちらりと映って、彼はその空虚さにぞっとさせられることがある。

実際に患者の治療をしているときは別だが、わたしが知っているなかで、ササルほどじっとしていられない人間はいない。彼は何もしないで待つことができず、休憩することもできない。簡単に眠れるほうではあるが、じつは、夜中に呼び出されるのが嫌いではない。ふつうの一日、一時間、一分をふつうに受けいれることが彼にはとてもむずかしい。彼の知識への情熱は建設的な経験への情熱であり、それで自分の時間を満たすことによって、自分のなかで、それを苦しむ人の〝時間〟に匹敵するものにしようとしているのだ。もちろん、それは不可能な目標である。苦しむ人と同じ強烈さで築き上げ、緩和し、治療し、理解し、発見しようとすることは苦しみになる。ときには、その目標がササルをいわば解放してくれることもあるが、たいていの場合、彼はその奴隷である。

実現不可能な目標に憑かれている人たちはたくさんいる――たとえば、アーティストは全員そうだろう。だが、ササルが日々さらされている特殊なストレスは、彼の孤立と責任の結果である。アーティストとは違って、彼はわが身を想像力に委ねるわけにはいかない。常に油断なく観察し、正確で、忍耐強く、心配りができなければならない。と同時には、こういう目標を立てるようになった理由である、あらゆるショックや混乱にたったひとりで立ち向かわなければならない。同僚たちといっしょに働いていたら、彼は彼らに〝瞬間にどういう価値があるのか?〟などとはけっして訊かないだろうし、訊いても、だれもそんな質問には答えられないだろうが、少なくともこれほど執拗に自問することはなかったにちがいない。同僚がいれば、患者との関わり合いが厳密に医学的なものに限られる職業的なコンテクストが自然にできあがるからである。しかし、現状では、ササルの患者との関わり合いにはほとんど際限がない。瞬間にどういう価値があるのか?

すでに言ったように、ササルがそのちょっと特別な地位を獲得するために払った代償は、大半の医師より直接的に患者の苦しみに対峙しなければならないこと、そして、自分自身の力不足を感じなければならないことだった。ここではこの力不足の感覚について見てみよう。

どんな医師でも自分の力不足を感じることがある。悲惨な不治の病に直面したとき、病気や不幸の原因となった状況そのものを変えようとしない頑固さや偏見に直面したとき、ある種の住宅事情や貧困に直面したときなどである。

そういう多くのケースでは、ササルは平均的な医師より有利な立場にある。不治の病を治すことはできないが、患者とは比較的親密で、患者の親類も自分の患者であることが多いため、家族的な頑固さや偏見と闘うには有利な場所にいる。同様に、この地方ではそれなりの影響力をもっているので、彼の意見は住宅委員会、国民生活扶助担当員などに対して重みがある。彼は個人的にも役所的なレベルでも患者の便宜をはかれるのである。

ササルはおそらく大部分の医師よりも多くの診断や治療のミスに気づいているだろう。それは彼がミスを犯すことが多いからではなく、多くの医師が――たぶん正当にも――不運な合併症と呼ぶだろうものを自分のミスとして数え上げているからである。しかしながら、そういう自己批判の埋め合わせとして、彼には満足すべき評判のよさがあり、自分の担当地域のはるか外側から〝むずかしい〟患者がやってくる。

だが、彼の力不足の感覚はこういうことから生じるわけではない――ときには、特定の症例における感覚が誇張されてそれを感じることがないわけでもないけれど。彼の力不足の感覚は自分の職業的な領域を超えているのである。

患者たちの現在の人生が彼らにふさわしいものなのか、それとも、彼らはもっといい人生を送れて然るべきか？　彼らは自分の可能性を実現しているか、それともしだいに先細りになっていくだけなのか？　ときおり彼らのなかに認められる可能性を開花させる機会に恵まれることがあるのか？　現在の生活条件からは不可能と思われるような人生をひそかに望んでいる人たちもいるのではないか？　不可能性を前にして、彼らはひそかに死んでしまいたいと思ったりしているのではないか？

逆境は人の性格を穏やかにする、とササルは考えている。だが、彼らの暗中模索やときには盲目的な不幸を逆境と呼べるのだろうか？

倦怠感が生じるのはなぜか？　倦怠感とは自分の能力が徐々に死に絶えていくのを感じることにほかならないのではないか？　なぜ彼らは能力よりも多くの美徳をそなえているのか？　文化的に

貧しい共同体では文化的に進んだ場所より諸々の欲求を昇華させられる可能性がずっと少ないことをだれが否定できるだろう？

他人のためにずっと忍耐しつづけることにどれだけの正当性があると言えるのだろう？最初に危惧が生まれるのはこういう問いかけ――そして、こういう問いかけを一休みしているあいだにも湧き上がるほかの無数の問いかけ――からであり、それが最終的にはササルの力不足の感覚へとつながっていく。

自分の心の平安を保とうとして、彼は自分自身に反論する。森の住人たちは、なんとか体面を保とうとする何百万という郊外の住人たちみたいに、凄まじいプレッシャーにさらされているわけではない。家族はそれほどバラバラではないし、彼らの欲望は飽くことを知らないわけではない。森の住人たちの生活水準は低いかもしれないが、彼らのほうが強い継続性の感覚をもっている。個人単位では文化的なものにふれる機会は少ないかもしれないが、共同体のレベルでは教区会、壕《モート・ソサエティ》の会、ダーツ・チームなどがあり、そういうすべてが共同体の感覚を育んでいる。大半の都会より森のほうが孤独な人は少ない。彼らは、自分でもそう答えるだろうが、それ以上は期待できないくらい幸せなのだと。

彼はこの問いかけをかつての自分自身に――外科医でまさに救急医そのものであり、森の住人たちにギリシャの農民の忍耐強さを見習わせようとした自分自身に差し向ける。森の住人たちは人生についてまったく幻想を抱いておらず、不平を洩らす人はごく少ない、と彼は言う。彼らの大部分は臆することなく人生の生業にいそしんでいる。彼らは感受性にわが身をゆだねようとはしない――そんなことをする余裕はないからである。彼らにとっては幸福より忍耐という観念のほうが基本的にずっと重要なのである。

かつての自己を捨て去って、ササルはいまや、わたしたちが生きている世界とその非情な無関心について、現実的な見方をするようになっている。善意の願いや高貴な抗議が打撃と痛みのあいだに割って入ることはめったにないというのがこの世界の現実である。苦しんでいる大部分の人々には、それを訴えるチャンスがない。世界の九〇パーセントがその犯罪を断罪しているにもかかわらず、ヴェトナムの村は生きたまま焼かれている。非人間的な判決に服して刑務所で朽ちていく人々は、世界中の法律家が不当性を告発しているにもかかわらず、そのままである。不正に泣く人々の大半は、犠牲者がひとりもいなくなるまで泣きつづけるだろう。ひとたび打撃が人に向けられると、それと苦痛のあいだに割り込めるものはほとんどない。倫理的な範を示そうとする行為と力の行使のあいだには厳密な境界線がある。この境界線の向こう側に押しやられると、生き残れるかどうかは運でしかない。そこまで押しやられたことのない人々は、もちろん運がいいのだが、世界の非情な無関心などというものが実際にあるのかどうかを疑うようになる。境界線の向こう側に押しやられた人間は――たとえ生き延びて戻ってこられたとしても――いちばん基本的な物質に――金属や木や土や石に、さらには人間の心や体にも——異なる機能、異なる内容があることを悟る。あまり繊細にはなりすぎないことである。繊細になるという特権が幸運な人と不運な人を分け隔てているのだから。

だが、たとえどんなふうに反論してみても、あの悩ましい疑問が息を吹き返す。そして、必死に仕事をすればするほど、そういう疑問が執拗に頭をもたげる。患者を認知しようとするたびに、サルは彼らに未開発の可能性があることに気づかざるをえない。実際、若者や中年前期の患者を突き動かして助けを求めるようにさせているのはこれなのである——自分が乗っている乗り物が向かっていると思っていた目的地に近づこうとさえしていないことをふいに悟った乗客の叫び。医師として患者の全人格に関心をもち、しかも、当然ながら、人格というものはけっして完全に固まっているものではないことを悟るなら、何が妨げになり、権利を奪い、貶めているかに注意を向けないわけにはいかない。それは彼のやり方の必然的な結果なのである。

森の住人たちは、ある意味では、世界の大半の人々と比べれば幸運だ、と彼は主張することもできる。だが、彼の頭を占領していることにとって、それよりはるかに重要なのは、森の住人たちは、彼らが——教育、社会福祉サービス、雇用、文化的な機会等が改善されることで——なれる可能性のあるものと比べれば、ほとんどあらゆる面で恵まれていないことを彼が知っていることである。

戦前の〝ひどかったむかし〟の話を聞けば、ある程度は進歩していると浅薄にも信じたくなるかもしれない。だが、若者たち——と彼らを待ちかまえている将来——を直視すれば、そんな考えをもちつづけるのはむずかしい。ササルは、彼自身の基準から見れば、彼らが最善にははるかに及ばない条件に甘んじていることを認めざるをえない。

こういう状況を見て、彼はなす術もなく立ち竦んでいるわけではない。ササルは彼らの健康を守ることができる。教区会を通じて、村内のさまざまな改善を促すこともできる。こどもたちのことを親に説明したり、その逆のこともできる。男の子や女の子に関する彼の意見は、地元の学校でそれなりの重みをもっている。彼らにとってセックスのもつ意味をもっと豊かなものにしようとすることもできる。しかし、彼らを——彼らがあきらめてしまう前に、あるがままの人生を受けいれてしまう前に、彼ら自身の心と体の要求に合わせて——教育しようと考えれば考えるほど、彼はますます自問しなければならない。自分にそんなことを

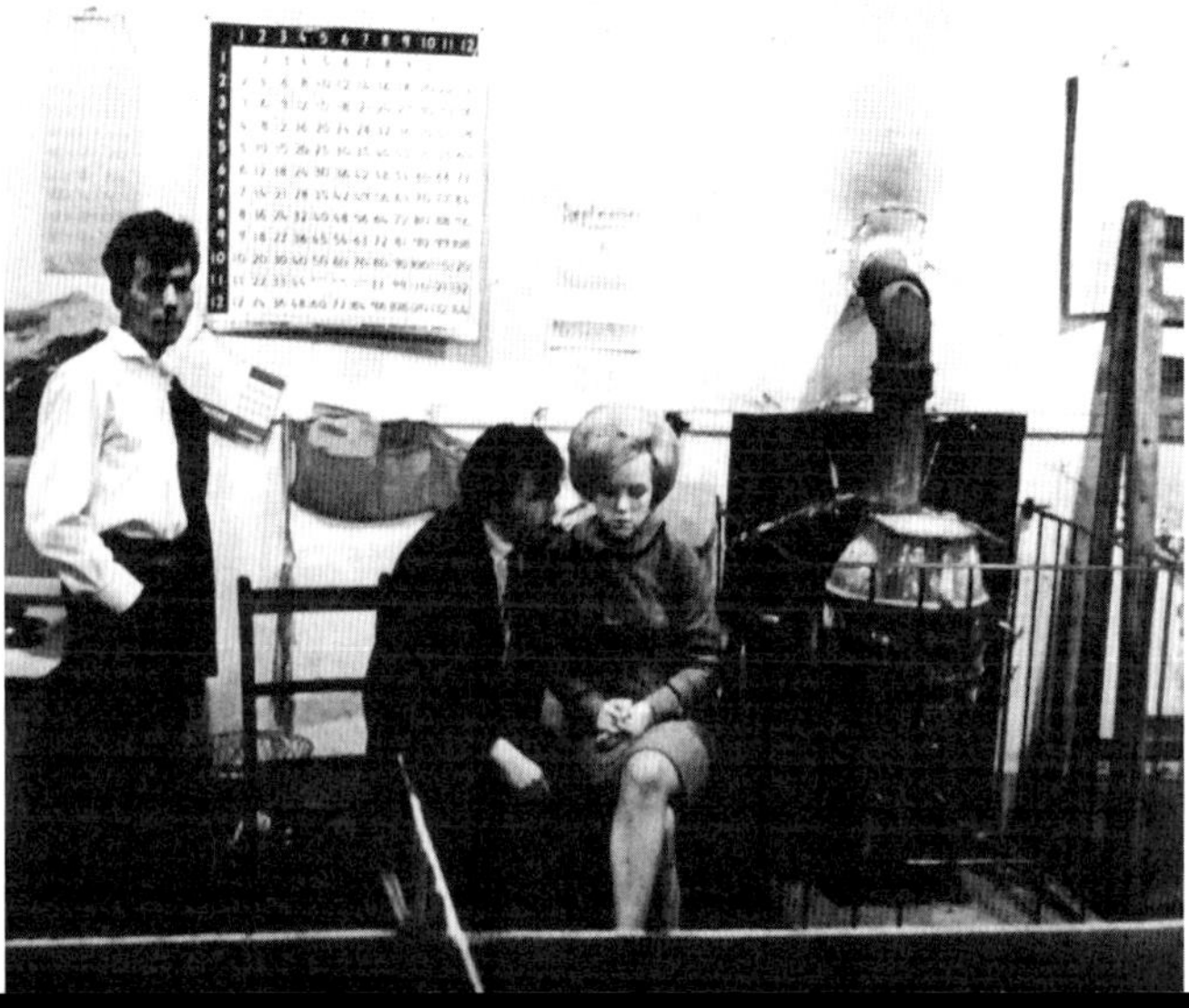

する権利があるのだろうか？　そういうことをしても、彼らが社会的にもっと幸せになるとは限らないし、それは自分に期待されていることでも、要求されていることでもないのに……。最終的には、彼は妥協することになる――いずれにせよ、彼のエネルギーには限りがあるので、そうせざるをえなくなる。彼は個人的な問題で手助けをする。ここでひとつ、あそこでもひとつの解決策を提案する。彼は倫理観の全体を破壊することなしに、その一部になっている不安のひとつを取り除こうとする。根本的に異なる生き方を示唆しようとはせずに、これまでは知られていなかった楽しみや満足の可能性に目をひらかせようとする。

わたしはササルのディレンマを誇張するつもりはない。それは多くの医師や心理療法士が直面しなければならない問題である。少なくとも病気と同じくらい不当かつ不正な境遇を患者が受けいれられるようにするために、医師はどこまで介入すべきなのか？　それがササルにとってとくに

重大な問題になるのは、彼が孤立しているからであり、患者と親密な関係にあるからであり、さらに、これまでまだ取り上げていない皮肉なパラドクスのせいである。

二十五歳以上の平均的な森の住人は、健康なときは、人生に多くを期待しない（病気になったとき友愛的な認知を過度に望むのはよくわかる。なぜなら病気は彼をこども時代に連れ戻すから、まだ希望を捨てることを学んでいなかった時期、その希望を家族のなかでそれなりに満たすことができた時期に連れ戻すからである）。彼はいま持っているもの――仕事、家族、家――を持ちつづけたいと思う。そして、いまの楽しみ――ベッドでの一杯の紅茶、新聞の日曜版、週末のパブ、ときおりの近くの町またはロンドンへの旅行、何かのゲーム、自分のジョーク――を楽しみつづけたいと思う。妻も似たような楽しみをもっている。ふたりとも――たぶん、はるかに早く老ける妻はとくに――もっとずっと多彩なたくさんの夢をもっている。彼らには自分たちの意見があり、語るべき物語もあり、それらにはもっとずっと広範囲の話題が含まれる。けれども、自分たちが置かれている状況のなかで彼らが予測しうる範囲の未来に期待するものはごくわずかでしかない。もっと欲しいと思い、もっと欲しがる権利があるとは思っているかもしれないが、彼らは最小限で我慢することを学んでおり、そうするように育てられているからである。人生はそんなものだ、と彼らは言う。

予測しうる最小限というのは純粋に経済的なものではない。おもに経済的なものですらない。現在ではその最小限には車が含まれるかもしれない。それはなによりも知的、情緒的、精神的な最小

限なのである。そこには（たとえどんな言葉で表現されるにせよ）刷新、急激な変化、情熱、歓喜、悲劇、理解というような観念はほとんど含まれていない。それはセックスを一時的な衝動に、努力を現状を維持するために必要なことに、愛を単なるやさしさに、快適さを慣れに矮小化し、思考の有効性や無意識的な欲求のもつ力や歴史との結びつきには見向きもせずに、経験を忍耐に、利益を苦痛の軽減にすり替える。

その結果、ササルがいつも指摘しているように、彼らは不屈で、不平を言わない、謙虚で、禁欲的な人間になっている。ササルは彼らに対して嘘偽りのない深い敬意を抱いているが、だからといって彼自身の人生への期待が彼らのそれとは対極的だという事実に変わりがあるわけではない。

ここで問題にしているのは一般的な期待であり、個人的な個々の期待ではないことを断っておく必要があるだろう。これは現実に直結する問題というよりは、むしろ人生観の問題なのである。人生はそんなものだ、と森の住人たちは言う。人は幸運にも望むすべてを手に入れることもあるが、それは例外でしかないのが人生なのだから。

森の住人たちとはちがって、ササルは人生から最大限を期待する。彼の目標は普遍人になることである。彼はゲーテの格言に賛同するにちがいない。

人間は世界を知っている程度にしか自己を知りえない。彼は自己の内側でしか世界を知りえず、世界の内側でしか自己を意識できない。すべてのあらたな対象物は、ほんとうに認識したならば、わたしたちの内部に新しい器官を開花させる。

ササルの知識欲には際限がない。あるひとつの段階では、知識には限界があるかもしれないが、その限界は一時的なものにすぎない、と彼は信じている。そうやって持続していくことは彼にとってはひとつの経験でしかなく、経験は本質的に内省的である。ある面では、彼は比較的わずかなもの——名もない田舎の医師としての仕事、穏やかな家庭生活、気晴らしとしてのゴルフ——で我慢する覚悟をしている（実際には、それにさえ反撥することがあり、四年前には、南極探検隊の医師兼カメラマンの仕事を引き受けたりした)。しかしながら、外面的に境界線の引かれた生活のなかで、彼は自分にできることについて絶えず思いをめぐらせ、自分の意識を拡張し改善しようとする。ひとつには、それは医学や科学や歴史に関する文献を理論的に読みこなした結果であり、またひとつには、みずからの臨床的な観察の結果である(彼は鋭い観察力の持ち主で、たとえば、鎮静剤として処方されるレセルピンがしもやけの治療にも効果があること、したがって壊疽の治療にも使える可能性があることを発見した)。しかし、他のなによりも、それはひとりひとりの患者に次々に〝なり代わろう〟とする彼の想像的〝増殖〟が累積した結果なのである。

さて、これでようやく、彼自身と患者たちとの対照的な差異についてササルが感じる危惧を引き起こし、ときにはその危惧を彼自身の力不足の感覚へ変えてしまう皮肉なパラドクスをあきらかにすることができるだろう。

彼はこの対照的な差異をけっして忘れることができず、こういう問いを発せずにはいられない。彼らにはいまの生活がふさわしいのか、それとももっとよい生活に値するのか?　そして——本人たちがどう答えるかは無視して——もっとよい生活に値すると答えるのである。個々のケースでは、彼らがもっと豊かな生活をするために、彼はできることはすべてやっている。けれども、共同体全体として見るならば、彼にできることはばかばかしいほど不十分であること、やらなければならないことは医師としての彼の任務の範囲外、個人としての彼の力を超えたところにあることを認めざるをえない。だが、同時に、彼はあるがままのこの状況を必要としており、ある程度は、みずからそれを選んだのだという事実に向きあわなければならない。彼がやっているようなかたちで医師としての仕事ができるのは、この地域が遅れているせいなのだから。

その後進性ゆえに、彼はすべての段階を通じて患者たちを追跡でき、大きな影響力をもつことができるのだし、この地域の〝良心〟になるように促され、患者たちと〝友愛的な〟関係を築くために例外的に有利な条件を与えられ、ほとんど自分だけでこの地域における医師のイメージを作りあげることができるのだ。ササルが置かれている立場をもっと露骨に表現するなら、彼が普遍人をめざすことができるのは、患者が恵まれない人々だからだとも言えるのである。

ときおり、ササルはひどい鬱状態になり、それがひと月、ふた月、あるいは三カ月もつづく。その原因ははっきりとはわからない。生まれつきなのかもしれないし、こども時代にできあがって、ほとんどは潜伏しているがときおり現れる神経症的パターンなのかもしれない。

根本的な原因は謎だとしても、その持続――と呼ぶことが許されるとして――にはそれなりの意味が読み取れる。わたしが持続というのは、彼の鬱状態がおのれを正当化し、永続するために強いて集めてくる意識的材料のことである。わたしたちの文化は根本的に歴史には無関心であり、その結果、わたしたちは神経症や精神病の歴史的内容を見逃したり無視したりしがちである。遠い過去の極端な例がときには認められることがある。十四世紀のセント・ウィトゥス舞踏病の発生と百年戦争やペストの大流行によってもたらされた苦難のあいだには結びつきがあるとされる。しかし、たとえば、ファン・ゴッホの内面的な葛藤がどれだけ十九世紀末の倫理的矛盾を反映しているかを、わたしたちは考えてみたりするだろうか？　傷つきやすさには個人的な原因もあるだろうが、それはしばしばもっと大きなスケールで人を傷つけ痛めつけるものを端的に示しているのだが……。

ササルの鬱状態はわたしたちが検討したばかりのふたつの問題から出てくる材料によって維持さ

れている。患者たちの苦しみと彼自身の力不足の感覚である。鬱状態に反映されると、この材料は歪められるが、たとえ歪められても、そこには多くの真実が残されている。

彼はいい仕事をしている。特別に複雑な症例では、彼は関係する数多くの雑多な要素を嗅ぎあて て、その関連性のロジックを追跡しようとする。彼は診療所を改善しようとしており、たとえば、心電計を入手しようと考えている。そして、自分はこれまでの自分自身の経験を思うように活かせると感じている。森には彼がやるべきことがまだたくさん残されており、それがそこに留まるのが正しいことだという根拠になっている。彼はむかしから観察力が鋭いが、こういう心理状態でいると、自分が名づけたり説明したりできないじつに多くのことに気づくことになる。すべてに意味があるように思えてくる。それに刺激されて、毎日必要とされる無数の対応や検査の選択や適用がスピードアップされ、彼は何かをやりながらそれについて思いをめぐらせる時間がもてるようになる。彼は創造的に仕事をしているのである。

彼が幻滅を感じるとき、それはすこしも重大な結果には結びつかないささいな失敗が引き金になっていることが多い。深刻な症例の場合には、全身の注意力を集中する必要があるので、そうはならないのである。そんなとき、彼は自分の責任についてふだんよりすこしだけ意識的になる。ある患者について、何かが自分が思っていたとおりにはいかない。それでも、患者はすこしも気づかず、ありがたく思っているか、相も変わらずぶつぶつ言っているかのどちらかである。ササルがその失敗について自分が感じていることを患者に言うことはできない。医師としての礼儀や気配りからではなく、説明しても患者は理解しないし、満足していることに変わりはないからである。ササルは患者の利益については患者本人以上に敏感であり、その失敗が患者にもたらすかもしれない不都合以上に彼自身が困惑をおぼえている。そのため、ササルの高められた意識は、あらたな証拠やデータを彼にもたらす代わりに――彼の仕事がうまくいっているときにはそうなるのだが――ふいに患者の意識との隔たりに向けられることになる。その瞬間、彼は軽い妄想症《パラノイア》に陥りかける。ふつうのときには、たぶん皮肉な独り言をつぶやくくらいで、その瞬間は過ぎ去るのだが、それがたまたま鬱状態を正当化する理由を無意識的に探しているときに重なると、彼は自分の研ぎ澄まされた感受性と彼に選ばれた患者たちの恵まれない人生とのあいだの矛盾に押し潰されそうになる。彼を勇気づけ、彼の信念を支えてきたやりがいのある仕事が、いまや厚かましさの証拠でしかないように思えてくる。

疚しさを感じると、彼はますます人々の苦しみに敏感になる。この苦しみが、その瞬間の価値という問題を彼に突きつけ、自分の人生の相対的な空虚さを彼の目に見せつける。それを否定するために、すでに見てきたように、彼は彼らの苦しみの激しさに負けないほど猛烈に仕事をしようとする。その結果、まるで強迫観念に駆られた人みたいに仕事に向かうことになるのである。

しかし、まもなく鬱状態の進行が彼のそういう反応をスローダウンさせ、集中力を低下させる。

彼はもはや患者の基本的な要求にも応えられないと思うようになる。やらなければならないむずかしい仕事は——仕事に対する強迫観念からでっちあげられた倫理的土台さえも——ふいに失われた別世界のことのように見え、自分には医師としてどんなレベルの仕事もできない気がするのである。

実際には、そんなことはなく、そういうときにも、彼は依然としておそらくこの国の一般医の平均より適確な治療ができるし、実際そうしているのだが、自分が力不足だと思いこんでいる状態をなんとかして乗り切るためには、それを認めるしかない。そこで、彼の告白を受けいれられる状態にある患者には、自分が危機に陥っていることを打ち明ける。彼は身を投げ出して、患者の寛大さにすがる。彼らの要求が最小限のものでしかないという事実をあてにする。こうして円環が閉じられる。閉じられた円環は、多くの場合そうであるように、良心的な苦悩のしるしなのである。

それにもかかわらず、ササルは自分がやりたいことをやっている男である。あるいは、もっと正確に言うならば、自分が追求したいと思っているものを追求している男である。その追求にはときにはストレスや失望が含まれるが、それを追求することが彼のただひとつの満足感の源泉なのである。芸術家のように、あるいは仕事が自分の人生を正当化すると信じているほかの人たちと同様に、ササルは――わたしたちの社会のみじめな基準によれば――幸運な男である。

彼を批判するのは容易いだろう。人は彼が政治を無視していることを批判できる。患者の生活を――医学的な意味だけではなく全般的に――そんなに心配しているなら、彼らの生活を改善ないし護るために必要な政治的行動になぜ目を向けようとしないのか？

医療チームに参加するか地域医療センターで働く代わりにひとりで開業していることを批判することもできるだろう。彼は自分ひとりで個人的に責任を負うという理想を追いかけている、時代遅れの十九世紀的なロマンティストなのではないか？　結局のところ、この理想は一種の父権主義《パターナリズム》ではないか？

そういう批判に含まれている意味を彼自身も意識している。「わたしはときどき思うんだ」と彼は言う。「自分のなかのどれだけが古い伝統的な田舎医者の生き残りで、どれだけが未来の医者なんだろうってね。同時にその両方であることはできるんだろうか？」

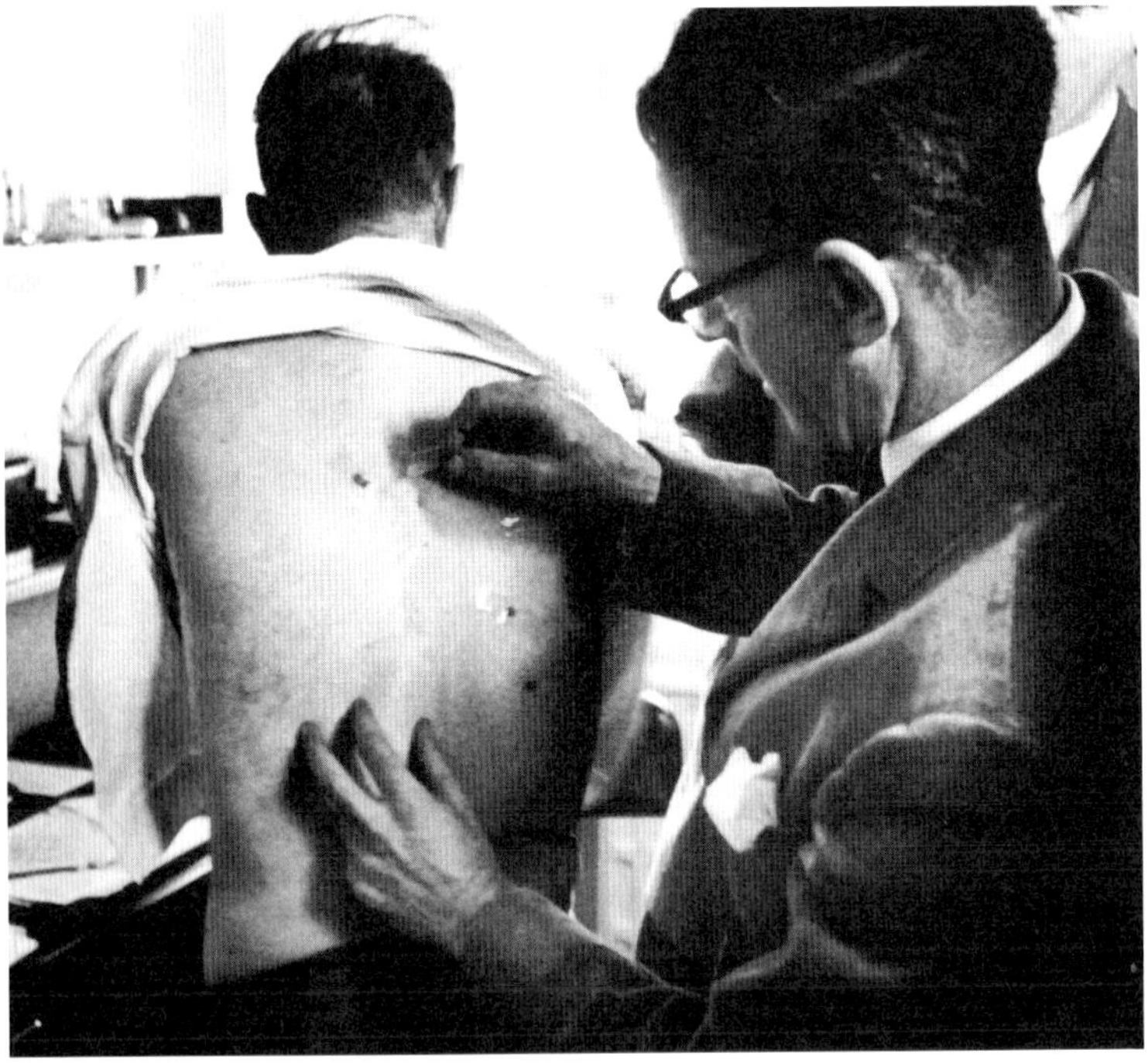

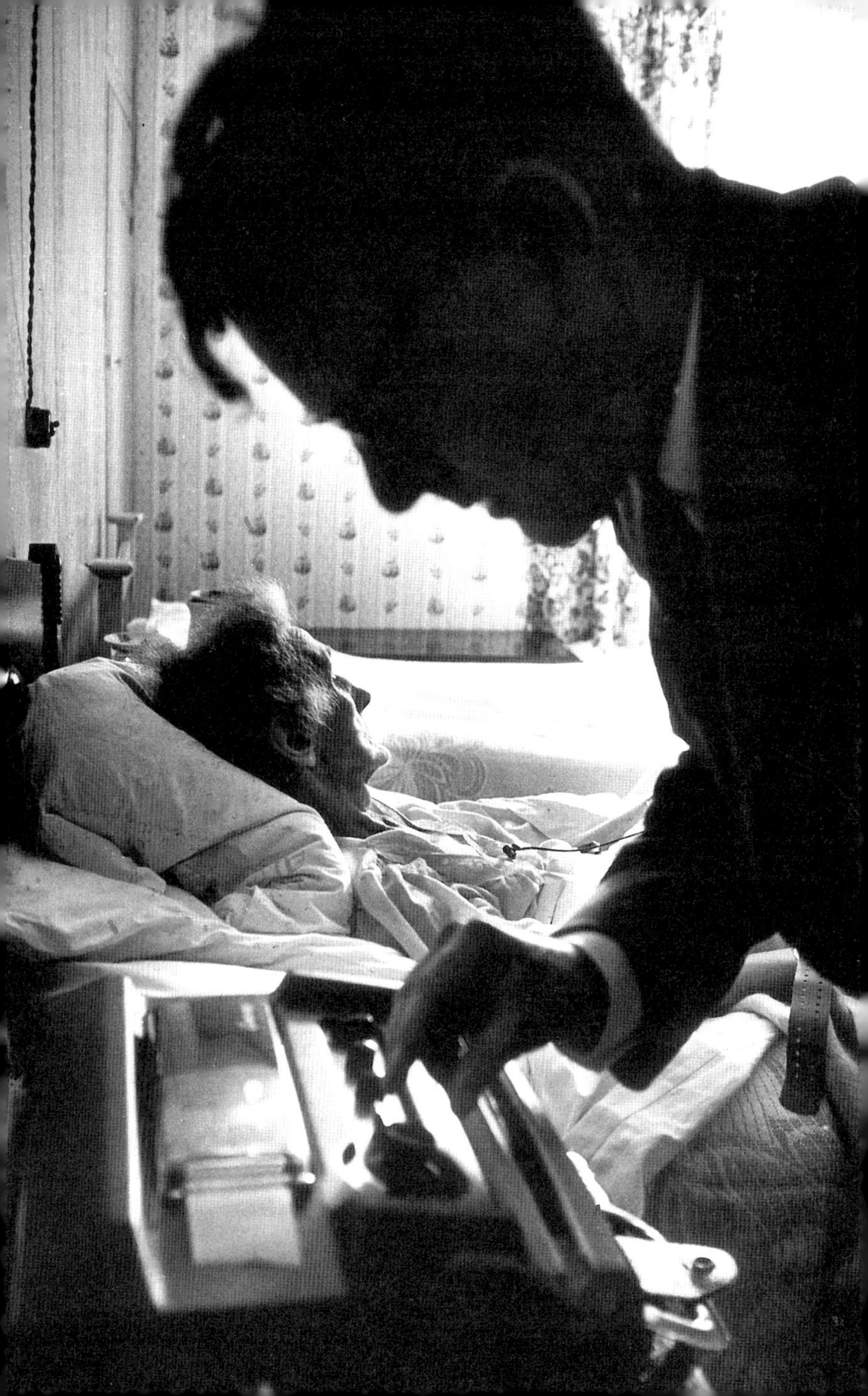

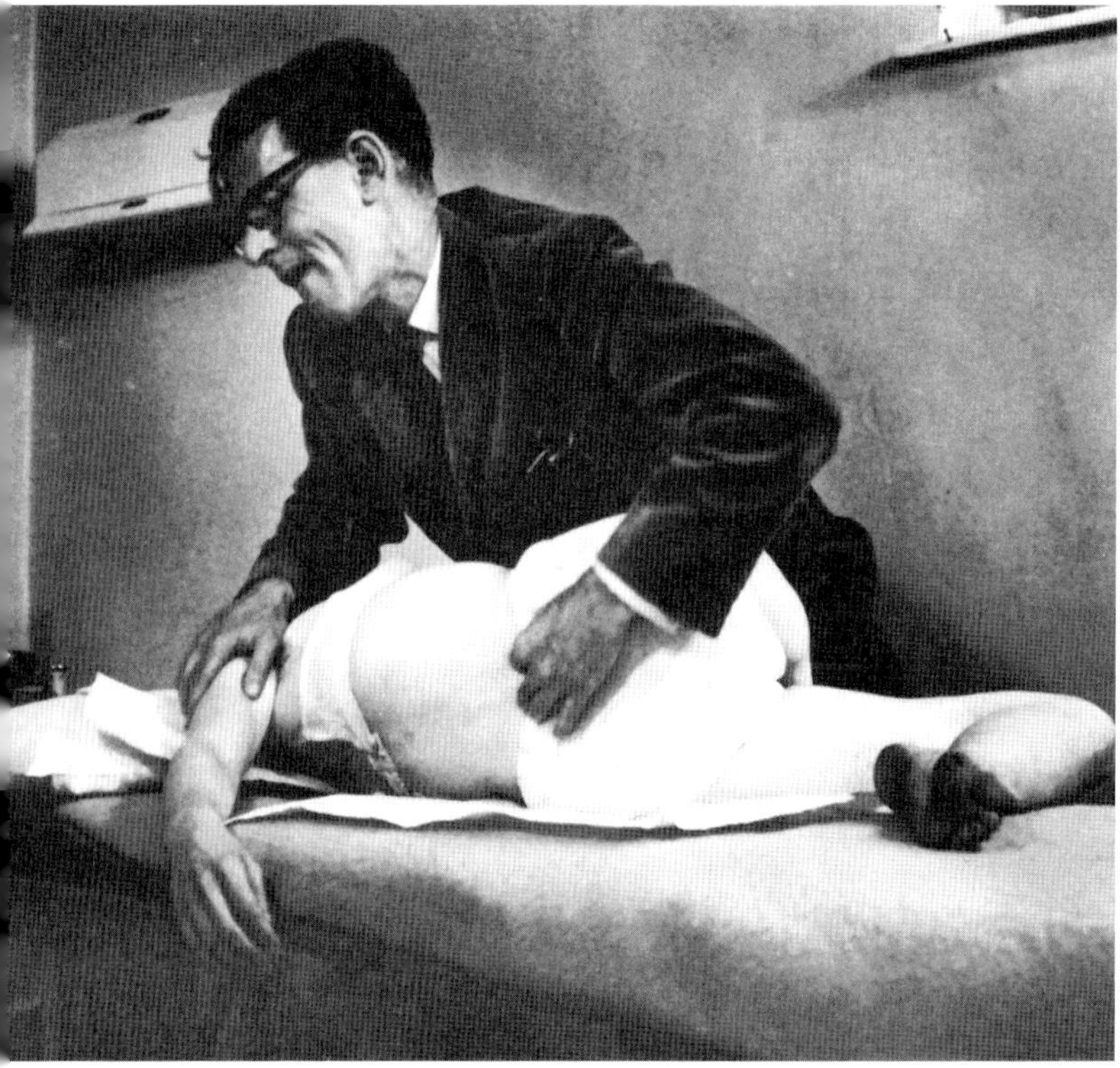

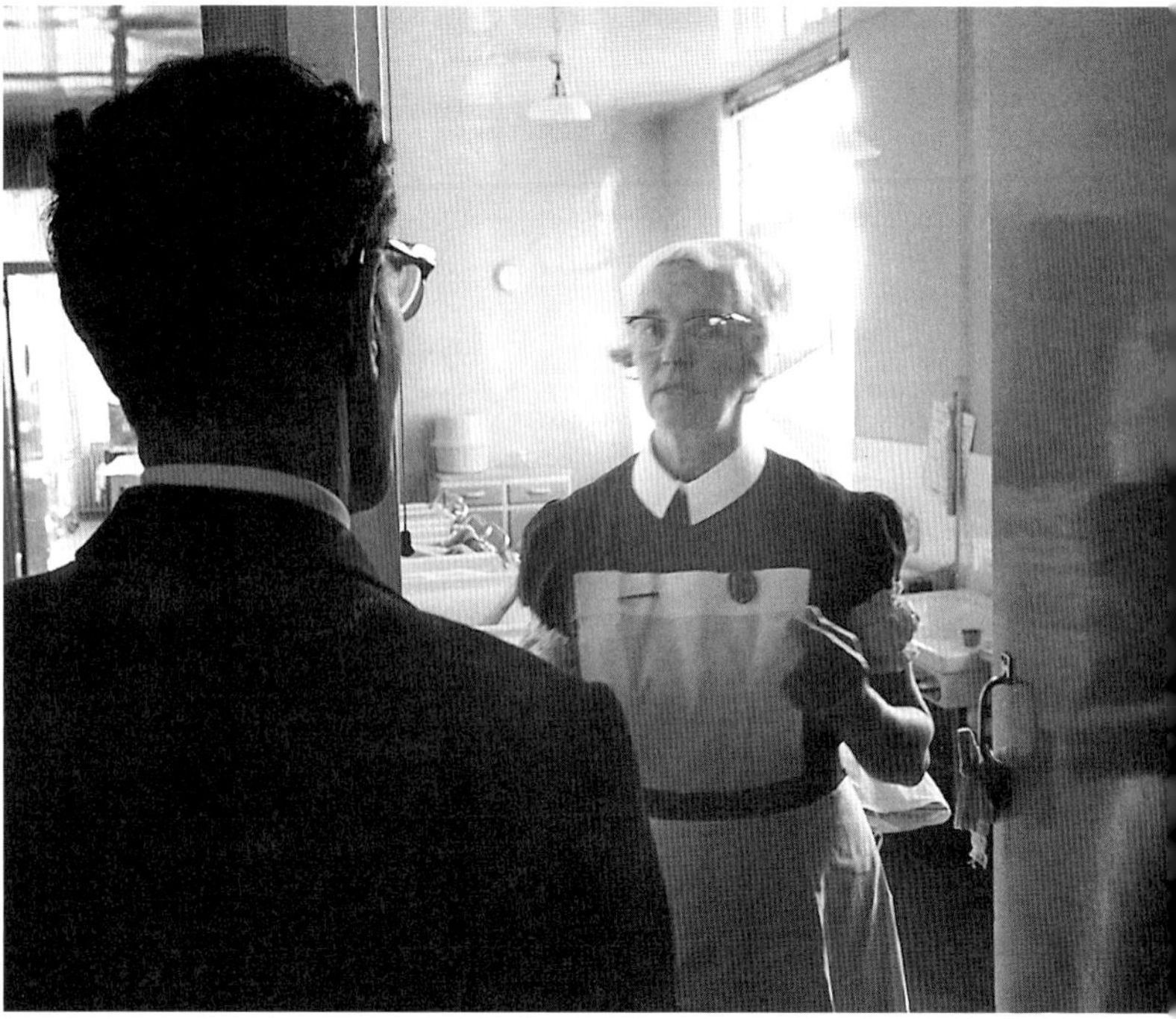

これまでに気づいたことをまとめて、それを評価し、このエッセイに結論らしいものを書ければいいのだが、それはできない。このエッセイに結論をくだすのはわたしの力に余るのである。ササルに関する話をもうひとつ紹介して締めくくれば、大半の読者は結論がないことに気づきもしないにちがいない。詩学でかの有名な破格が認められるのはたいていは推論に対してなのだから。

しかし、なぜこのエッセイに結論を付けられないのかを分析するほうが理にかなっているかしれない——そうできないのは純粋にわたしの内側の問題ではないとしてだが。

実際、どんな結論も出ていない。ササルは、自分が信じる仕事をつづけるために、今日ではどんなに幸運な人間でも必要としている狡猾な直観力によって、自分に必要な状況を構築している。そのために代償を払っていないわけではないが、全般的には満足できるかたちになっている。そのなかで、彼は仕事をしている。いまわたしがこれを書いている瞬間にも、彼は仕事をしている。ありふれた感染症に対するごくふつうの治療法を処方しているかもしれないし、患者の話に耳を傾けているかもしれない。親指から数滴の血を採取しているかもしれないし、自分が目の前にいる男女になったところを想像しているかもしれない。製薬会社のセールスマンと話をしているかもしれないし、尿の検査をして、より多くを学びながら、さらに多くを知りたいと思っているかもしれない。

わたしは彼が自分のために構築した状況をある程度はあきらかにしたが、最終的には、それは彼がそこでやっている仕事との関連のなかでしか評価できない。いまや、フィクションのほうが、ある意味では、奇妙なくらい単純に見える。フィクションでは、その登場人物が結局のところ称讃に値するのかどうかを決定すればいいのだから。もちろん、そう見えるようにするという問題は残されるし、現実には、自分が意図していた結果とは反対のものになってしまうおそれもある。それでも、行き着く結果を決定することはできるのだ。ところが、いま、わたしは何ひとつ決められずにいる。

　わたしは自伝の作者とはまさに正反対の場所に立っている。なぜなら、自伝の作者は小説家よりもっと自由だからである。彼が自分自身の対象であり、自分自身の記録者なのだから。何ひとつ、だれひとり、たとえ創造された人物でさえ、彼を咎めることはできない。彼が割愛したものも、歪めたものも、でっち上げたものも――すべてが、少なくともこのジャンルのロジックによれば、正統なものになる。あるいは、それが自伝というもののほんとうの魅力なのかもしれない。自分の意志でどうにもできなかったすべての出来事をついに自分の決定に従わせられるのだから。ところがいま、それとは対照的に、わたしは自分が理解しきれない現実にすべてを預けるしかない。

　伝記は、自伝とはまったく別物だが、生きている人物について書かれることもあり、それなりの結論に達している。しかし、そういう伝記に描かれる人物は、未来の総理大臣だったり、注目に値する外国の政治家だったり、有名か悪名高いかのどちらかで、読者も作者も、その本に取りかかる前に、なぜその本が書かれたのかを知っている。なぜならX氏が有名なX氏だからである。当然ながら、物語は彼が現在の権力の座——これも一種の理想像だが——にたどり着いたところで締めくくられることになる。

ササルはそういう人物ではない。

では、仮に彼が亡くなっていたとしたら、と諸君は訊ねるかもしれない。しかし、彼が死んでいたら、わたしはもっと別のエッセイを書いたにちがいない。人の人生はその死によってまったく別のものに変質してしまう、などと言うと、ばかなことを言っているように聞こえるかもしれないが、わたしはその人を実際に知っていたか、その人のことを（人づてに）知っていた人たちにとっての話をしているのだ。

先週、画家がまだ生きているはずのときに見た絵は、今週、彼が死んだことを知っていて見る絵と（キャンバスそのものは同じでも）同じではない。そして、今後は、だれもが今週あなたが見ている絵を見ることになる。先週の絵は画家とともに死んでしまったのだ。これはあまりにも形而上的《メタフィジカル》に過ぎるように聞こえるかもしれない。だが、そんなことはない。これはただ単にわたしたちに抽象的思考という能力——あるいは避けがたい宿命——がある結果なのだ。画家が生きているあいだは、わたしたちはその絵を、それがあきらかに完成しているにもかかわらず、進行中の仕事の一部として見る。未完成のプロセスの一部として見るのである。そして、それを形容して、有望だとか、期待外れだとか、意外だとか言うことができる。画家が死んでしまうと、その絵は彼の最終的な全作品の一部になる。その画家がそれを創り、わたしたちはそれといっしょにあとに残される。わたしたちがそれについて考えたり言ったりできることは変化する。それはもはや画家に向けられたものではなくなり――実際には本人に向かって言えるチャンスはほとんどない、そこにはいない画家に向けられたものでさえなく――、いまや自分たちだけで考えたり言ったりするしかないのである。議論の的になるのはもはや画家の知られざる意図、考えられる混乱、希望、人の意見を聞く能力、変化する可能性ではなく、残された作品をどうすればいいのかということになる。彼が死んでしまったから、わたしたちが主役になるのである。

人生でも同じことである。死はその人についてのすべてを確実なものにする。もちろん、彼といっしょにいろんな秘密が失われることもあるし、百年後に彼の書類に目を通していただれかが、彼の人生にまったく異なる光を当てることになるような事実を、彼の葬式に出席していただれひとり知らなかった事実を発見することもあるだろう。死は事実を質的に変えるのであって、量的に変えるわけではないのだから。人が死んだからといって、その人についてもっと多くの事実が判明するわけではない。ただ、すでに知っていたことが硬化して、最終的なものになるだけである。曖昧なことがはっきりするとか、もっと何かの変化があるとか、いまはない何かを期待することはできなくなる。いまやわたしたちが主役になり、自分たちで決めるしかなくなるのである。

したがって、仮にササルが死んでいたとすれば、わたしはもっとずっと推測の危険を冒すことの少ないエッセイを書いていただろう。なぜなら、ひとつには、もっと正確な回顧録を書いて、彼のありのままを写し取りたいと思ったはずだからである。だが、それだけではない。彼について書きながら――いまもそうだが、これを書いているあいだずっとそうだったように――未確定で、謎めいた、どんなところへ行き着くかは半分しか意識していない――依然としてつづいている彼の人生のプロセスを意識することはなかったはずだからである。彼が死んでいれば、死が彼の人生を締めくくったように、わたしはこのエッセイを締めくくっただろう。感傷に浸ることもなく、宗教的なものを暗示することもなしに、少なくともこの結末の数ページでは、彼が安らかに眠ってほしいと願っただろう。

だが、現実には、ササルは生きていて、仕事をしており、わたしの考察は彼が持続している人生のプロセスと並行しており――できるだけ多くのものを見たいと思いながら、明るい昼の光のなかのフクロウみたいに、なかば盲目でしかありえない。確かな結論が見えないくらいに盲目で、ただいくつかの代替案が頭に浮かぶくらいなのである。

ƏЄ

このエッセイを締めくくることをほぼ不可能にしている要素がもうひとつある。わたしたちの社会を大雑把に一般化して、その一般化を正当化し、考えている問題から遠く離れてしまうことなしに、結論じみたことを書くのはむずかしいからである。

どういうことか、できるだけ単純に説明してみよう。それを経験した人全員が試されることになる国家的あるいは社会的危機がある。個人や階級や社会制度や指導者について、すべてとは言わないまでも、じつに多くが暴露される決定的瞬間がある。世界全般はふつうこういうときに暴露された事実を正しく評価しないか、さもなければ理解しない。けれども、その社会ないし国に属するだれにとっても、その重要性や意味はあきらかである。その危機の結果、全面的かつ恒久的に対立することになった人々でさえ、この決定的瞬間に暴露された事実を否定できないことは認めざるをえない。

瞬間という言葉をあまり文字どおりに受け取ってはならない。こういう危機は数日しかつづかないこともあれば、数週間、ときには数年つづくこともある。たとえば、一九一六年のダブリンがそうだった。

マクドナもマクブライドも
コノリーもピアスも
いまもこれからも、
緑をまとうときにはいつでも
変わる、骨の髄まで変わる。
恐ろしい美が生まれる。*

一九四〇年の対独降伏のあとのフランス、一九五六年のブダペスト、独立戦争中のアルジェリア、一九五九年にカストロが二度目の上陸を果たしたときのキューバもそうだった。そういう危機を生き抜き、それによって照らし出された人間について書いているのなら、その人物の人生の少なくとも一部を客観的な視点から眺めて、その人が果たした歴史的役割を認めるのははるかに容易だろう。読者に同じ危機を生き抜いた経験があるなら、その役割に付与された価値を理解するのはずっと容易にちがいない。ドイツ占領時代を生きたフランス人に向かって、Xはレジスタンスに属していた

*W・B・イェーツ（W. B. Yeats）の詩 *Easter 1916*『一九一六年復活祭』より。

とか、レジスタンスを支持していたとか、Yは対独協力者だったとか言うことは、XまたはYの全人生の意味についてなにごとかを言うことになる。

ササルはそういう危機を生き抜いたわけではない。戦争中には従軍したが、イギリス人にとって、第二次世界大戦はこの種の危機だったわけではない。わたしが言っているようなかたちで事実が暴露され、人が試練にかけられる危機に際しては、すべての人間が自分で選択をしなければならない。そして、自分で選択することによって、同じような選択をしたほかのすべての人たちといっしょに、わが身をのっぴきならない立場に置くことになる。それはあたかもある瞬間に、ひとりひとりの個人が、自分がその一部である歴史的プロセスに待ち伏せされて、自分の意思を決定的なかたちで明言するように強制されるようなものである。第二次大戦中のイギリスでは、わたしたちは自分たちに代わって公式になされ、毎日公的に正当化される選択を是認するだけでよかった。

戦後、これまでの二十年間、わたしたちが生きてきた時代は、長々とつづいた決定的瞬間とは正反対の時代だったと言わなければならない。わたしたちはまったくなんの選択もしなかった。いくつかの基本的な政治的決定がわたしたちの名において——選択できる問題として一度もわたしたちに提示されることなしに——なされてきた。わたしたちはそれを避けがたいこととして、あるいはごく弱々しい抗議の声をあげて、受けいれてきた。野党は細部について反対するだけで、基本的には二大政党が同じ意見だった。世界の四分の三で生死に関わるほど重大な争点になっている問題についても、自分たちの立場をはっきりさせる義務を免れてきた。たとえば、人種差別の撤廃、国家的および経済的に独立する権利、階級的搾取の廃止、警察国家における自由（と生存）への闘争、飢餓の根絶などである。わたしたちに意見がないわけではないが、自分たちのあいだでさえ、それは物の数にも入らない。

選択する習慣がなく、他人の選択を目の当たりにすることもなかったので、わたしたちはいつの間にかたがいに相手を判断あるいは評価する基準を失った。残された唯一の基準は個人的な好き嫌い——あるいは、その商業的なバリエーションである個性——でしかない。

これはわたしたちが幸運だということなのだと多くの人が言うだろう。だが、そうだろうか。わたしたちが選択を免れているのは、これまでずっとさまざまな問題——基本的には経済的な問題だが——を先送りにしてきたからであり、それは将来に決定的な影響を及ぼすことになるだろう。わたしたちはおそらく手遅れになるまで先送りにするのだろう。そして——たぶんササルが生きているうちに——危機に瀕することになるだろう。

わたしはササルの意見の大部分を知っている。予測可能などのような状況でも、彼がどんな選択をするかを想像できると思う。しかし、そのわたしの想像が正しいにせよ間違っているにせよ、可能なあらゆる状況を予測できるにせよできないにせよ、問題は、わたしが想像する彼の選択——それによって彼の人生の目標があきらかになるかもしれない選択——を評価するためのどんな基準も、目下のところ主観的なものでしかありえず、厳密な評価基準というより、ただの指標のようなものでしかないことである。評価がこんなふうに主観的なものでしかありえないのは、いまのような免除と先送りの現状で、それをかろうじて生きながらえさせているのは個人的な信念に基づく行為と想像力でしかないからである。なかには、世界中のどんな歴史的選択をも評価できる客観的基準なるものを口先だけで称揚している人たちもいる。だが、そういう人たちはだれもが、窓辺でかっと目を見ひらいてはいても、各種の無感覚な独善的確信を奉じる学会《アカデミー》に庇護されている。それとは対照的に、わたしの指標は感覚的なものにすぎず、――当然のことながら――いまだにだれひとり納得させられずにいる。わたしたちは長い序曲が終わるのを待っているのである。

こんなところまで――この問題のこんなはるかな辺境地帯まで――付いてきてくれた読者は、いまやこう言うかもしれない。〈将来にはいろんな問題があるにちがいない。だから、現在までのところで結論を出して、それが不完全な結論であることを認めればいいじゃないか〉と。

しかし、そうは言っても、もうひとつ別のむずかしさがある。ササルはすでに二十五年も開業医をしており、これまでに述べ十万人をゆうに上まわる患者を治療してきた。これは〝たいした〟記録に見えるだろう。だが、もしも彼が一万人しか治療してこなかったなら、それほど〝たいした〟記録ではないのだろうか？　仮に彼が頭はいいが不注意な医師だったとしよう。彼が一人、十人、あるいは百人の患者をいい加減に治療した場合、その記録からどのくらい差し引けばいいのだろう？　仮に彼が頭がよくて稀に見るほど献身的な医師だったとすれば、その記録にどれだけ点数を付け加えるべきなのか？　どのくらい割り増しすればいいのだろう？

こんな計算はばかげていると思うかもしれない。それなら、こういうのはどうだろう？　人の苦痛を和らげることにどんな社会的価値があるのか？　人の命を救うことにはどれだけの価値があるのか？　重病の治療は二流の詩人の比較的すぐれた詩篇と比べてどのくらいの価値があるのか？

きわめてむずかしい診断を正しくくだすことと偉大な絵画作品を描くことはどう比較できるのか？　こんな比較が同じくらい荒唐無稽なのはあきらかである。

医師は専門的な観点から——専門技術のレベルを維持しているかどうかによって——評価されるべきなのか？　これは外科医の場合には意味がありそうである。なぜなら、彼の仕事は、たとえどんなに複雑に見えても、限定されているからだ。彼らの仕事には始まりと終わりがあり、結果をチェックすることもできる。技術には、たとえどんなにすぐれたものでも、かならず既知の限界がある。ササルのような医師を評価するのはそれよりはるかにむずかしい。しかし、わたしは問題を込みいらせたくはない。だから、ササルの医師としての業績の変わることのないレベルは技術として評価できると仮定しよう。そうすれば、彼を技術者として等級づけできる。彼はその技術で病気を治療し、病気には治療が必要だから、彼を技術者として等級づけられれば、彼の仕事の価値を決定できるはずである。

しかし、それでわたしたちは満足できるだろうか？　彼がほんとうに成し遂げたことの価値ではなく、彼の能力の価値を問題にすることで？

ここで、読者はこんなふうに口を挟むのではないか、とわたしは想像する。もちろん、満足できるはずがない。けれども、この答えの限界あるいはばからしさは問いの設定の仕方にある。人の一生の仕事を、まるで倉庫の在庫品みたいに、評価することなどできるわけがない。そんなものを評価する基準はどこにもないのだから、と。

たしかに、わたしの問いかけに納得のいく答えは存在しないのかもしれない。だが、わたしがあえてこういう問いを発したのは、わたしたちの社会では、ふつうに仕事をしている医師がどれだけ社会に貢献しているかを評価し、認知する方法がないことに気づいてほしかったからである。評価するというのは、一定の物差しで計量するという意味ではなく、その人の力量を推し量るというくらいの意味である。医師をアーティストやパイロット、弁護士や政界の操り人形と比較して、順位を決めようというわけではない。そうではなくて、ほかの例に照らしてみれば、医師がやっていること（あるいは、やっていないこと）をもっとよく理解できるのではないかということなのだ。

医師や生化学者のチームが新しい治療法を発見したと聞けば、わたしたちは容易にその業績を認めることができる。新しい治療法は〝医学の進歩〟に貢献する。発見のもたらす可能性は抽象的なものに留まるから認めやすいのである。それは〝科学〟とか〝進歩〟に包摂させることができる。

わたしたちと同時代に生きている数万人の人たちの苦痛を緩和したり――ときには命を救ったり――しているだけの男の力量を想像力によって推し量ろうとするのは、それとはまったく別のことである。もちろん、原則的には、わたしたちはそれをいいことだと見なす。けれども、十全に評価しようとすれば、そういう生命が現在わたしたちにとってどんな価値をもつのかについて、なんらかの結論を出さなければならない。

医師は大衆的なヒーローである。テレビでいかに頻繁かつ安易にそういうものとして提示されるかを見ればすぐにわかる。医師になるための訓練がこんなに長くて費用がかかるのでなければ、母親はみんな息子が医師になることを望むだろう。それはあらゆる職業のなかでもっとも理想化された職業だが、抽象的に理想化されているにすぎない。医師になろうとする若者のなかには、初めはこの理想に影響される人たちがいる。わたしが言っておきたいのは、あまりにも多くの医師が幻滅し、シニカルになるのは、まさに――当初の抽象的な理想主義が薄れるとともに――自分が治療する患者たちの現実の人生にどんな価値があるのかよくわからなくなるからだということである。彼らが不人情で、人としての思いやりに欠けるわけではない。人生にどんな価値があるかを知ることのできない社会に住み、そういう社会を受けいれているからなのである。

この社会にはそういうことを知ろうとする余裕はない。仮に知ることができたとしても、それを無視して、同時に、民主主義を標榜するあらゆる主張を放棄するか、さもなければ、それを考慮に入れて、この社会に革命を起こすしかないだろう。どちらにしても、社会は変わってしまうことになる。

はっきりと断っておくが、わたしは人生にどんな価値があるかを知っていると言うつもりはない。いまだに生き残っている、中世の宗教的な考えを受けいれる覚悟があるのでもないかぎり、どこにも最終的あるいは個人的な答えはないだろう。この問題は社会的なものであり、個人が自分ひとりで答えを出すことはできない。その答えは、ある時代のある社会構造の内側に存在しうる関係性の全体のなかにあるのだから。最終的には、人間の自分自身にとっての価値は自分をどう扱うかによって表されることになる。

しかし、社会の発展は弁証法的なものであり、既存の社会的関係と可能になりつつあるそれとのあいだにはかならず矛盾があり、ときには、既存の答えはあらたに生まれる行動や考え方によって引き起こされる問いかけには不十分なことがある。

何年も前に初めて読んだグラムシのエッセイの一節を、わたしはけっして忘れることができない。それは彼が一九三〇年ごろに獄中で書いたエッセイだった。*

人間とは何かという問題は、いつもいわゆる〝人間性〟ないしは〝人間一般〟の問題として、人間の科学——哲学——これは本来は〝単一の概念〟、すなわち〝人間的な〟すべてを含むはずの抽象概念を出発点にするものだが——を創造する試みとして提示されてきた。だが、〝人間〟は、現実としても概念としても、出発点なのか、それとも到達点なのだろうか？

＊アントニオ・グラムシ（Antonio Gramsci）*The Modern Prince and Other Writings*（New York: International Publishers, 1959）〔邦訳『新編現代の君主』、上村忠男訳、ちくま学芸文庫、二〇〇八年。ただし、引用部分は拙訳〕。

人間というのは、現実としても概念としても、出発点なのか、それとも到達点なのか？

わたしは人生にどんな価値があるか知っていると言うつもりはない――この問題には言葉では答えられない。ただ行動によってしか、もっと人間的な社会をつくり出すことによってしか答えられないだろう。

わたしが知っているのは、現在の社会が人々の人生を徐々に破壊しており、強いられた偽善というじわじわ消耗させるプロセスによって、まだ破壊されていない人生の大半を空虚なものにしていることであり、この社会に通用しているやり方では、直接あるいは公的な診療機関を通じて患者に治療法を売るというレベルを超えている医師については、どんな評価も不可能だということである。[36]

結論は決定的なものではなく、ごく単純なことでしかない。ササルは開業医として仕事をしている。彼の仕事はわたしが描いたものとはかなりずれがあるかもしれない。わたしたちは彼の貢献度を社会的に評価できるような社会をまだ築きはじめてもいないので、せいぜい経験に基づく便宜的な基準でしか判断できず、このエッセイを締めくくるにあたってわたしにできるのは、それによって彼自身が働かなければならないと考えている論理を、きわめて禁欲的でありながら、そのなかにじつに肯定的な世界観の種を含んでいる論理を引用することぐらいである。「死のことを考えさせられるとき——それは毎日のことだが——わたしはいつも自分の死のことを考える。そうすると、もっと懸命に働こうという気になるんだ」

あとがき

本書を書いたとき――わたしの念頭にあるのは、とりわけササルの人生と仕事を要約することの不可能性を論じた最後の部分だが――、十五年後に彼が拳銃自殺することになるとは思ってもいなかった。

わたしたちの即席快楽主義的文化では、意図的な自殺は否定的なコメントだと見なされがちである。何がいけなかったのか、と人は無邪気に質問する。だが、自殺はかならずしも終わらせようとする人生に対する批判だとは限らない。それがその人生の宿命だったのかもしれないのである。ギリシャ悲劇ではそう考えられていた。

わたしが大好きだったジョンは自殺した。そして、もちろん、その死は彼の人生の物語を変質させた。彼の人生の謎は深まったが、暗くなったわけではない。そこには以前と同じくらいの光が見える。わたしは彼の前に立って、予見できたかもしれないのに見逃したもの――あたかもわたししたちのあいだで起こったことに重要な何かが欠けていたかのように——を捜そうとは思わない。それより、いまは彼の非業の死を出発点として、そこから、さらなる慈しみを込めて、彼がやろうとしていたことを、彼がなんとか持ちこたえられるかぎり人々に提供しつづけたことを振り返ってみようと思っている。

一九九九年

新版への解説

ギャヴィン・フランシス

『果報者ササル』はきわめてすぐれた証言であり、人間性、社会、治療の価値について人の心を揺さぶるほど深く考えをめぐらせた作品である。初版が発行されたのは一九六七年だが、ジョン・バージャーの文章にジャン・モアの写真を織り交ぜた、この一連のすばらしい考察がいまでも驚くほど独創的であることに変わりはなく、医師の役割について、文化的および知的貧困状態の根本的な原因について、人を医療活動へと向かわせるものについて考えさせてくれる。本書で取り上げられたジョン・〝ササル〟は、医師という天職にはもちろんだが、自分の内面的な思索にも深く身を捧げるひとりの人間として姿を現す。わたしは、免許を取って医師として開業した初めのころから、この本を贈るのを習わしにしてきたが、長年のあいだに本書は絶版になり、しだいに入手が困難になって、この習慣は高くつくものになっていた。

バージャーは、自分の仕事へのアプローチの仕方を訊かれると、しばしば「わたしは物語作家だ」と答えている。「たとえ美術について書いているときでも」と一九八四年に彼は言っている。「じつはそれは物語を語るひとつの方法にすぎない――物語作家は自我を消して、他人の人生のなかに入っていくものなんだ」*わたしがバージャーに会いにいって、モアといっしょに『果報者ササル』という本を作ることになった経緯を訊ねると、彼はこんなふうに話してくれた。

それがはじまったのはロンドンだった。一九五〇年代の初め、バージャーは『ニュー・ステーツマン』誌の美術評論を担当していた。彼のエッセイや評論は型破りで、しかも絶えず論争を引き起こしたので、仕事を失わないようにするためには戦わなければならなかった。「あるとき、ヴィクター・アナントというインド人の作家がすばらしいエッセイを送ってきた」と彼は言う。「『イギリスのクリスマス』というタイトルだった。封筒の裏の差出人の住所は『パディントン駅左荷物取扱所』になっていた。わたしはバイクに飛び乗って、彼に会いにいった。まだボンベイから着いたばかりで、それが彼が最初に見つけた仕事だった」

アナントは、バージャーとおなじく、既成権力を信用しない男で、インドでは英領インド政権によって投獄されていた。ふたりは友だちになり、数年後、バージャーがグロースターシャーの田舎に住んでいるとき、アナントとパキスタン人の妻が近所に引っ越してきた。このとき、ひとりで開業している一般医だったササルが、ふたりのかかりつけ医になったのである。

「ちょっとした健康上の問題でササルのところに行ったあと、わたしたちは友だちになった」とバ

* *Marxism Today*, December 1984 所収のインタビュー、聞き手　ジェフ・ダイヤー（Geoff Dyer）

ージャーは説明する。「彼に治療してもらって、わたしたちは友だちになったんだ。アナントと三人で定期的に会って、よくブリッジをやったものだった」ふたりの作家は、ササルが卓越した医師であるだけでなく、いまでは時代遅れになった理想——普遍的な知識と経験を熱望するルネサンス的な夢——を必死に追いかけていることを知った。育ちも物の見方も大きく異なる人々と日々向き合って、彼らの心の底に秘められたものに寄り添おうとするひとりの医師として、ササルはこれまでのほとんどどんな男や女よりもその理想に近づいている、と彼らは思った。

一九六〇年代半ばに、バージャーはジュネーヴに移住したが、彼とアナントはササルとずっと連絡を取り合っていた。ある日、アナントが、この友人について、彼の医師としての仕事やその断固たる普遍の追求について、バージャーが本を書くことを提案した。ふたたびバージャーの言葉を借りれば、『いいかい、この男はほんとうにすばらしい人間なんだ』とアナントは言った。『けれども、そのうちだれも彼のことを知らないことになる。もちろん、彼の善意はそれなりの結果をもたらすだろう。しかし、あんたが彼のことを書かないかぎり、彼の人生やその生き方が実際にどんなものだったかはどこにも残らないんだ』」

ジャン・モアもこの当時はジュネーヴに住んでいた。彼は赤十字や国連機関とともに活動している報道写真家で、国を失ったパレスチナ難民の経験を伝えるすばらしい作品を残している。「ジャンはほんとうにすぐれた写真家のひとりだ」とバージャーはわたしに言った。「街灯みたいに背景に溶けこんで、完全に姿が見えないんだ——医者の診療の場面に立ち会うには完璧な男だった」ササルはバージャーとモアを受けいれて、六週間、自分の家族といっしょに暮らし、患者の承諾を得たうえで、昼夜クリニックでの診療や緊急の往診に立ち会えるようにした。
そのあと、ふたりはジュネーヴに戻り、それからちょうど一カ月、たがいに連絡を取らずに作業を進めた――バージャーの記憶では、文章はかなりすらすらと流れ出たという。「ふたたび顔を合わせて、わたしが書いた文章とジャンが選んだ写真を比べると、わたしたちの仕事が完全に重複していることに気づいた」と彼は言う。「まったくの同義反復だった――まるでわたしの文章が彼の写真のキャプションででもあるかのように。ふたりともひとりで本を書こうとしていたんだ。それはまったくわたしたちが望んでいるものではなかった。だから、もう一度やりなおして、言葉と写真が対話しているようなものに手直ししたんだ。鏡みたいにたがいに相手を映し出すのではなく、相手の上に積み重なっていくようなものにした」ササルにその原稿をチェックしてもらったが、彼は若干の訂正――「医学用語や専門的なコメントやそういう類のもの」――を加えただけで、それ以外は満足だとした。その本は一九六七年四月に出版された。

『ガーディアン』紙がすぐに書評を掲載した。ジョナサン・ケープ社の有名な編集者トム・マシュラーによるもので、ナパーム弾で傷ついたベトナムの赤ん坊の写真とウールのミニドレスの広告のあいだに挟まれていた。「これはじつにすばらしい本である」とマシュラーは書いている。「ジョン・バージャーはごくわずかな作家しか到達できないような情念と激しさをこめて書いている」彼がとりわけ心を揺すぶられたのは、バージャーによって描き出されたササルが、人間の経験への飽くことなき欲求を抱いており、想像力によって患者の心のなかに入りこもうとしていることだった。そして、最後に、こういう予見的な、人を変える力をもつ作品に出逢ったとき、多くの批評家がそれを感じるにもかかわらず、はっきりと口にする勇気をもつ者が少ないことを嘆いて、書評を締めくくった。「この本をこんなに人を惹きつけるものにしている豊かさをわずかな言葉で伝えられればいいのだが……」

その数日後『オブザーバー』紙に寄稿したフィリップ・トインビーは、これを「一連のあざやかな描写のスケッチ……正真正銘の離れ業」と呼び、「この地方の田園風景や住民の写真が、類い稀な深さの共感的理解力をもって文章と符合し、それを照らし出している」と評した。トインビーは、バージャーがこの本で取り上げた医師の描写の正確さについて、自分ほど適確にコメントできる者はいないと感じた。ササルはたまたま彼自身のかかりつけ医でもあったからである。「この本のページから――文章と写真から――浮かび上がるササルはまさにわたし自身が知り、好きになり、数年前から感嘆していた人間そのものである。ただ、彼はわたしが知っている以上の存在だった。バージャーが彼を理想化したりふくらませたりしているというわけではない。バージャーはわたしよりも彼をよく知っており、彼について真剣に考えているのである」

本書の刊行から数年後、バージャーはオート・サヴォアに移住した。スイスとイタリアに国境を接するフランス南東部、アルプス地方のこの片田舎で、土地を耕して暮らす人々のあいだで生活するためだった。「わたしは大学には行かなかった」と彼はわたしに語った。「農民たちがわたしの大学教授なんだ」グロースターシャーの田舎でのササルのように、バージャーはいっしょに暮らす人々の〝記録係〟になった。そして、彼らの生活についての考察を三部作『*Into Their Labours*（彼らの労働のなかへ）』にそそぎこみ、さらに『*A Seventh Man*（第七の男）』では、ふたたびモアといっしょに、ヨーロッパにおける農業季節労働者の搾取の問題に切りこんだ。物語作家として、バージャーは自我を消し去って自分が取り上げる対象や読者のなかに溶けこみたいと考えているが、それはササルが自我を消して患者のなかに溶けこもうとするやり方に酷似している。彼によるササルの評価は彼自身の人生や仕事に対する評価に重なるのではないだろうか。「芸術家のように、あるいは仕事が自分の人生を正当化すると信じているほかの人たちと同様に、ササルは――わたしたちの社会のみじめな基準によれば――幸運な男である」

一九七〇年代末、ササルはグロースターシャーでの診療をやめ、しばらく中国に旅行して、当時中国の田舎ではまだ医療の中心的役割を果たしていた裸足の医者（医療補助員）のやり方を学んだ。一九八一年四月に、彼の妻のベティが六十一歳で亡くなった。『オブザーバー』紙の書評の最後で、フィリップ・トインビーは、「献辞に名前が挙げられてはいるが、彼女をこの物語から除外したことについて、バージャーと口論になった」ことを告白している。「この疲れ果てた、苦痛に取り憑かれた男は、もしも妻がいなかったら、はるかむかしに、おそらく取り返しのつかないかたちで、押しつぶされていただろう」とトインビーは書いている。「彼女の果たした役割も彼のそれに劣らずひとつの範になるものだった」妻の死から一年とすこし経った一九八二年八月、診療をやめてからわずか数カ月後に、ササルは自殺した。この自殺によって彼の人生はいっそう謎に包まれたものになった。『果報者ササル』を注意深く読めば、タイトルが逆説であることがわかる。経験に対するひらかれた態度――これは世界に対する彼の贈り物だった――が同時に破滅のもとになったのかもしれない男について考察した本にふさわしいタイトルではあるけれど。

『果報者ササル』は刊行から五十年ちかく経っているが、いまでも新鮮で、切迫性があり、今日的な意義がある。この本は、医師と患者の双方に、医療行為が本来どういうものであるべきかを、病を癒すことと薬で治療することの違いを考えさせてくれる。ここに収められた文章は、ササルの普遍性の追求に感嘆するすべての人の胸にひびくだろう。すぐれた作品はすべてそうだが、この本にもいくつもの顔がある。これはいまやほとんど失われてしまった医療のやり方への讃辞であり、革新的な写真によるドキュメンタリーであり、永続的な美しさをもつ文学と写真の創作であり、不可能な理想を追い求めたひとりの男に関する小論である。ササルの目標は、人間であることの意味を心の奥底から理解することであり、医療はそれを達成するために彼が選んだ手段にすぎなかった。一般医として開業しているわたしにとって、ササルの親切さと想像力豊かな感情移入は示唆に富むものではあるが、同時に、医師と患者の境界線がくずれ落ちるとどんなことが起こるかに対する警告でもある。

バージャーは、医師としてのササルの資質を評価しようとして、こう書いている。「彼がいい医者だと見なされるのは、患者の心の底に秘められた、口に出されることのない、友愛を感じとりたいという期待に応えているからである」認知を、友愛を求める心理がこれほどあざやかに切り取られたことはほとんどなかった。一九六七年当時、トム・マシュラーは『ガーディアン』紙の書評の結びに、ただ「わたしはこの本に感謝している」とだけ記した。わたしもやはり感謝している。まず第一にこの本を書くことを提案してくれたヴィクター・アナントに、この名作を創り上げてくれたジョン・バージャーとジャン・モアに、そして、もちろん、自分の生きる姿勢や自分の人生の個人的なディテールを記録に残すことを許してくれたササルと彼の家族にも。この新版を通じて、わたしはさらに多くの読者がこの感謝の気持ちを味わえることを願っている。

二〇一五年

著者略歴

(John Berger)

1926年，ロンドン生まれ．小説家・評論家・詩人．著作には，小説，詩，戯曲・シナリオ，美術や視覚メディアに関する評論，社会学的な研究としてのノンフィクションなどがある．1972年に小説 *G.* (Weidenfeld & Nicolson, 1972) でブッカー賞受賞〔栗原行雄訳『G.』新潮社，1975〕．著書に，*Ways of Seeing* (Penguin, 1972)〔伊藤俊治訳『イメージ——視覚とメディア』パルコ出版，1986；ちくま学芸文庫，2013〕，*About Looking* (Pantheon, 1980)〔飯沢耕太郎監修・笠原美智子訳『見るということ』白水社，1986；ちくま学芸文庫，2005〕，*The Success and Failure of Picasso* (Penguin, 1965)〔奥村三舟訳『ピカソ／その成功と失敗』雄渾社，1966〕，*A Seventh Man: Migrant Workers in Europe* (Jean Mohr との共作，Penguin, 1975)，"Into their Labours" 三部作［*Pig Earth* (Pantheon, 1979)，*Once in Europa* (同，1987)，*Lilac and Flag* (同，1990)］，小説 *To The Wedding* (Pantheon, 1995)，*From A to X: A Story in Letters* (Verso, 2008) など多数．70年代半ばにフランス・アルプスの小村ヴァレー・デュ・ジッフルに移り住み，以来そこで農業をしながら多彩な表現活動を続けている．

(Jean Mohr)

1925年，ジュネーヴ生まれ．写真家．バージャーとの共作には本書のほか，*A Seventh Man: Migrant Workers in Europe* (Penguin, 1975)，*Another Way of Telling* (Pantheon, 1982)，および，自身が大手術を受けた後に「世界の端」と呼びうる場所を再訪して制作した *At the Edge of the World* (Reaktion Books, 1999) などがある．また，エドワード・サイードとも共作 *After the Last Sky: Palestinian Lives* (Pantheon, 1986) がある．パレスチナ難民の写真は1949年に赤十字国際委員会 (ICRC) の仕事に関わって以来撮り続けており，*Côte à côte ou face à face: Israéliens et Palestiniens, 50 ans de photographies* (Labor et Fides, 2003) はその半世紀にわたるレトロスペクティブである．ICRCのほかに，国連難民高等弁務官事務所 (UNHCR)，国連パレスチナ難民救済事業機関 (UNRWA) など，人道支援機関との仕事をキャリアを通じて続けている．

訳者略歴

村松潔〈むらまつ・きよし〉1946年，東京生まれ．訳書に，シャルル・ペロー『眠れる森の美女——シャルル・ペロー童話集』(2016)，ジュール・ヴェルヌ『海底二万里』(上下，2012) (以上，新潮文庫)，イアン・マキューアン『未成年』(2015)，ジョン・バンヴィル『いにしえの光』(2013)，マイケル・オンダーチェ『ディビザデロ通り』(2009) (以上，新潮クレスト・ブックス)，トマス・H. クック『サンドリーヌ裁判』(早川書房，2015) ほか多数．

ジョン・バージャー
ジャン・モア
果報者ササル
ある田舎医者の物語
村松潔訳

2016年10月31日　印刷
2016年11月10日　発行

発行所 株式会社 みすず書房
〒113-0033 東京都文京区本郷5丁目32-21
電話 03-3814-0131(営業) 03-3815-9181(編集)
http://www.msz.co.jp

本文組版 キャップス
本文印刷所 萩原印刷
扉・表紙・カバー印刷所 リヒトプランニング
製本所 誠製本

ISBN 978-4-622-08552-2
[かほうものササル]
落丁・乱丁本はお取替えいたします